AF140416

Alle in diesem Buch genannten Charaktere sind
selbstverständlich frei erfunden.
Ähnlichkeiten zu realen Personen sind zufällig und
nicht beabsichtigt.

3., überarbeitete Auflage

Herstellung und Verlag:
BoD – Books on Demand, Norderstedt
ISBN 978-3-7357-3711-3

Zu diesem Buch

Die Beziehung kaputt.
Im Job nur Streß.
Midlife Crisis?
So findet sich der Protagonist in diesem
Buch eines Tages auf einem Schulhof
wieder.
Ob er es schafft, die Gelegenheit beim
Schopfe zu packen sein Leben neu zu
sortieren?
Verirrt er sich im Labyrinth des Lebens
immer weiter nach unten?
Oder schafft er den Absprung?

Teilweise in sehr deutlichen, klaren Worten,
die es aber auch ermöglichen, die Gefühle
und Motive der Hauptfigur besser zu
verstehen, beschreibt der Autor eine Phase
im Leben, in der sich vielleicht mehr
wiedererkennen, als man gemeinhin denkt.
Wie man bereits im Buchtitel sehen kann,
ist er dabei, doppeldeutig, ironisch und
sarkastisch.
Es ist aber nie ganz klar, ob dieser
autobiographische Roman den Ursprung in
seinem eigenen Erleben oder nur in seinem
Kopf hatte.

Inhalt

Am Abgrund 3

   Wie alles begann...............................4

   Das neue Jahr..................................12

Netty 18

   Die Reha 19

   Start in ein neues Leben?.................76

   I'm back again!.................................97

   Auf großer Fahrt.............................172

   Tiefpunkte.......................................182

Am Abgrund

Wie alles begann

Es ist Donnerstag. Es ist bereits verdammt kalt und ich bin fast alleine auf diesem Schulhof.
Meine Beziehung ist im Arsch. Im Job drehen alle frei. Jeden Tag anderer Zoff.
„Und was zur Hölle mache ich hier eigentlich?" frage ich mich, ohne zu ahnen, daß dies der erste Schritt in ein neues Leben sein wird.
Keiner der paar Anwesenden, die Lehrerin meiner großen Tochter, die Mutter ihrer Freundin – Manu – oder der Schulhausmeister haben etwas bemerkt.
Aber bei mir hat es gerade Klick gemacht.

Es ist bereits dunkel an diesem 1.Dezember. Die Temperatur liegt schon eins, zwei Grade unter Null und wir bauen gerade, als letzte, den Stand unserer Klasse beim Schulweihnachtsmarkt ab. Das es mich im Moment fröstelt, liegt aber nicht nur daran….
Manu und ich hatten geschuftet wie die Blöden, um alles vorzubereiten. Aber es blieb doch viel übrig. Wir standen auch noch am Stand und sind nun entsprechend frustriert.
Na klar, ein weiterer von unzähligen Nackenschlägen die man im Laufe des Lebens halt bekommt.
Aber es waren in der letzten Zeit einfach zu viele. Ich hab' die Schnauze gestrichen voll!

Zu der schlechten Stimmung heute kommt die frische Trennung. Die Trennung in einer Beziehung, die schon lange keiner mehr ist.
Dann noch Stress im Job und seit Wochen starke Schmerzen im Arm, die seit ein paar Tagen auch die Schulter lähmen.
Ich habe keinen Bock mehr und merke, ich brauche dringend eine Auszeit.
Es ist Anfang Dezember und ich weiß, Arm und Schulter bringen mindestens drei Wochen Ruhe über Krankenschein. Dann kommt der Weihnachtsurlaub. Also knapp fünf Wochen frei. Dass sollte reichen um wieder einen klaren Kopf zu bekommen.

Mit diesem Gedanken fahre ich am nächsten Tag zur Firma.
Ganz unauffällig räume ich meinen Arbeitsplatz auf. Ich schließe die offenen Vorgänge, um meinem Kollegen der ab Montag für mich einspringen muß, einen sauberen Start zu ermöglichen.
Mittags treffen wir uns zum Brunch. Ein kleines, allmonatliches Ritual mit ein paar Kollegen, bei dem jeder selbstgemachte Spezialitäten zum Mittag mitbringt. Perfekt, so werde ich die Reste vom Weihnachts – markt los und kann mich, zumindest innerlich, von den liebgewonnen Kollegen, die an dieser Runde teilnehmen, verabschieden.
Dann kommt auch schon das Wochenende. Mehr oder weniger schlimm. Wie viele in der letzten Zeit.

Meine Ex wohnt noch bei mir. Das ist nicht unbedingt einfach. Aber auch nicht schlimm, meine ich zumindest.
Im Bett läuft schon seit Monaten nichts mehr. Meine Hand ist mir schon lange mehr zugetan als sie. Auch schon vor der Trennung.
Das liegt aber nach ihrer Meinung eh daran, daß ich so ein alter geiler Sack bin. Das hält keine Frau aus.
So kann Mann sich irren. Ich dachte ja immer, Frauen gefällt das, wenn Mann sie begehrt. Naja und hässlich ist sie nicht. Schönes langes Haar, geile Brüste, die meinem Geschmack nach, sehr gut mit ihrem knackigen Hintern harmonieren. Da bekommt Mann halt Lust, wenn Mann sie sieht. Leider ist sie mittlerweile deutlich spröder als es ihr Äußeres vermuten lässt und ich sie in der Anfangszeit kennenlernte. Egal, es ist eh vorbei!
Als ich mit ihr über meinen bevorstehenden Arztbesuch spreche, empfiehlt sie mir ihre Psychiaterin.
Psychiater ??? – ich habe doch keinen an der Waffel!!! Das denke ich zumindest am Anfang.

Montag.
Meine Hausärztin ändert diese, meine Einschätzung, schlagartig. Ihrer Meinung nach, sind die Schmerzen in Arm und Schulter nur ein Symptom für meine Probleme und mein Ausgebrannt sein.
Toll. Mit einer Überweisung zum

Psychiater verlasse ich die Praxis.
Ansonsten bin ich zwei Wochen aus dem
Verkehr gezogen. Ich soll zum Orthopäden
gehen, nur zur Sicherheit und mich
schonen.
Leichter gesagt als getan. Schon alleine die
Termine für die Fachärzte zu bekommen, ist
ein Akt. Orthopäde in 2 Wochen, Psychiater
in 6! Wochen.
Da will ich doch schon wieder arbeiten!
Egal, ich muss ja nicht hingehen. Doch
schon bald merke ich, wo das eigentliche
Problem liegt.
In unserem Schlafzimmer. Genauer gesagt,
in unserem ehemaligen Schlafzimmer.
OK. Wir haben uns gemocht und geliebt.
Aber nach gut 15 Jahren ist die Luft total
raus. Sie ist mittlerweile kalt wie ein Stein.
Wenn ich sie dazu bewegen konnte, mit mir
zu schlafen, hatte ich das Gefühl, eine
Puppe zu benutzen. Meine Hand ist
zärtlicher zu mir. Von Hingabe oder Gefühl
keine Spur. Sie hat stillgehalten. Immer
wieder fällt mir ein Satz aus einem „DDR –
Polizeiruf ein. „Ich bin doch nicht Dein
Samenklo!" Gesagt hat sie es nie. Aber ich
will nicht wissen, wie oft sie es dachte.
Im Sommer ließ sie nach Ihrer Reha dann
die Bombe platzen.
Sie liebt Frauen. Mit mir, also mit Männern,
geht es nicht mehr.
Das ist ein harter Schlag für mich. Damit
muss Mann erstmal klarkommen.
Auch damals machte der Arm Probleme.
Als ich deshalb meine Hausärztin

aufsuchte, sagte sie mir bereits damals, daß ich eine Auszeit bräuchte.

Ich lehnte ab! Ich stürzte mich erneut in die Arbeit. Aber geholfen hat es anscheinend nicht. Im aktuellen Projekt gibt es seit einiger Zeit nur noch Probleme. Ich hatte keine Erfolge mehr. Das war zu viel.

Und noch wohnt sie bei mir. Scheiße.

Nun so kurz vor Weihnachten, wo ich selbst den ganzen Tag zu Hause bin, merke ich langsam, wie sehr mich das belastet. Und wie sehr es mich bereits belastet hat.

Ständig gibt es Gezicke wegen Kleinigkeiten. Ich schlafe in einem Kinderzimmer (was glücklicherweise noch nicht für meine jüngere Tochter Nicole, oder Nicci wie wir sagen, eingerichtet war). Auf einer Matratze, die eigentlich nur noch zum Toben für die Kinder da ist, verbringe ich die Nächte. Meine Klamotten liegen aber im Schlafzimmer das sie benutzt. Nach 15 Jahren möchte sie aber nicht mehr, daß ich sie nackt sehe. Das erschwert es natürlich wahnsinnig, mit ihr umzugehen. Anfassen war ja vorher schon schwierig, aber nun, darf ich ihr quasi nicht mehr über den Weg laufen. Ein absolutes Drama. Komplizierte Scheiße!

Wenn der neue Krankenschein in die Firma gebracht werden muss, genieße ich es, die Stunde dorthin zu fahren. Trotz der Schmerzen. Weg von ihr. Jeder Arzttermin ist eine Wohltat.

Scheiße, so kann das doch nicht weiter

gehen. Ich suche nach einer Lösung. Ich komme aber nicht vorwärts.

Klar. Raus mit ihr. Ist doch ganz einfach. Wie viele haben das vor mir schon gemacht.

Aber die Kinder?

Tja, Scheiße, die Kinder. Oder ist es mein schlechtes Gewissen? Egal.

Die ältere Tochter, Helene oder Leni, ist gerade in die Schule gekommen, da wurde mir die Trennung eröffnet. Einen Monat früher und man hätte die Schule noch ändern können.

Und nun?

Jetzt, sechs Monate später, zeichnet sich immer mehr ab, dass sie wegen eines Umzugs ihr nächstes Schuljahr in einer anderen Schule beginnen darf. Muß.

Scheiße.

Das bereitet mir wirklich Sorgen. Sie darf bald ausbaden, daß ihre Eltern unfähig sind, eine Beziehung zu führen.

So kann man es sehen.

Es gibt in meinem Umfeld aber auch Leute die das anders sehen. Sie meinen, daß es für die Kinder besser ist, wenn der Kleinkrieg endlich aufhört. Das ständige Hin und Her, daß sich im Laufe der Jahre eingeschlichen hat. Lieber ein Ende mit Schrecken als ein Schrecken ohne Ende.

Stimmt das? Ich weiß es nicht, aber es widerstrebt mir, es an den Kindern auszuprobieren. Aber habe ich eine andere Wahl?

Dies und Ähnliches sind meine Gedanken

wenn ich in dieser Zeit zu Hause sitze und
Zeit zum Nachdenken habe. Wenn ich bei
Whiskey und Pfeife abends über den Sinn
des Lebens, dieses Lebens, sinniere.
Kein Wunder, daß mir da zum Heulen
zumute ist.
Ich will wieder arbeiten! Na wenigstens
hier bessert sich anscheinend etwas. Die
Motivation kehrt anscheinend zurück.
Wenn man erstmal sieht, wie mies es zu
Hause läuft, freut man sich auf den Job.
Was ist das denn für eine beschissene
Therapie? Aber es passt zu den
Einsparungen im Gesundheitswesen.

In der letzten Woche vor Weihnachten ruft
mein Abteilungsleiter an. Es gibt Probleme
in meinem alten Projekt. Das ist mir nix
Neues. Ob ich etwas wüsste und ihm etwas
über die Hintergründe sagen könnte. Nein,
kann ich nicht. Ich bin schon zu lange raus.
Ok. Er wünscht mir gute Besserung und
legt auf. Für ihn ist es damit erledigt.
Für mich nicht.
Jetzt, wieder alleine, holen mich sofort die
letzten Wochen des Projektes wieder ein.
Früher war mein Job die Quelle meiner
Kraft, um die privaten Probleme zu
vergessen. Ständig unterwegs, vergaß ich
den Ärger daheim und einmal am
Wochenende, hat auch sie mich dann
ertragen, selbst wenn ich auf ihr lag.
Mit den Kollegen verband mich fast ein
freundschaftliches Gefühl. Wenn man so
viel zusammen und unterwegs ist, lernt man

sich sehr gut kennen und auch schätzen.
Aber jetzt häufte sich auch im Job der
Ärger. Die Arbeit mit den Zweigstellen ist
manchmal sehr kompliziert. Und die Folgen
ließen nicht lange auf sich warten. Ohne
jegliche Erfolgserlebnisse stellte ich mir die
Frage, was mache ich hier eigentlich?
Wofür reiße ich mir täglich den Arsch auf?
Kurze Zeit nach dem Telefonat merke ich,
im neuen Jahr wieder arbeiten? Das geht
gar nicht.
Und nun?

Das neue Jahr

Weihnachten und Silvester sind vorbei. Das
Leben beginnt sich wieder einzupendeln.
Kinder wegbringen oder holen. Danach
zum Arzt, zur Krankenkasse oder zur
Physiotherapie fahren. Hoffentlich,
ansonsten ist zu Hause Trübsal blasen
angesagt.
Also Blasen lassen ist schon lange nicht
mehr drin. Das war das letzte Mal, als sie
noch ein zweites Kind haben wollte.
Scheiße, wie alt ist Nicci jetzt, das kann
doch nicht war sein!
Eine richtige Abwechslung bringt erst der
Besuch bei der Psychiaterin.
Ich erzähle einen Kurzabriß meiner
derzeitigen Probleme und erwähne den
Namen meiner Ex (sie ist ja ihre Patientin).
Die Ärztin unterbricht mich, um mir zu
sagen, daß ich auf eine Reha gehen sollte.
Während ich, erstaunt, wie schnell dies
geht, da sitze, erläutert sie mir die
Einzelheiten.
Dann bemerkt sie mein Erstaunen und sagt
mir, daß ihr die privaten Probleme sehr
wohl geläufig sind und mein
Zusammenbruch eine Frage der Zeit war.
Aha.
Innerhalb kürzester Zeit habe ich den Reha–
Antrag in der Hand. Zusammen mit einem
Krankenschein über etliche Wochen. Wie
leicht das ging!
So, aber nun geht die Rennerei richtig los.
Papiere über Papiere. Fast jeden Tag muss

ich woanders hin. Ich fahre täglich fast
mehr Kilometer als früher in die Firma.

Anfang Februar.
Es ist soweit. Ich gebe den Antrag bei der
Ärztin ab. Sie macht ihn fertig.
Keine Woche später kommt die
Bestätigung. Weitere drei Tage später ist
bereits die Einweisung da. In drei Wochen
bin ich weg. Sechs Wochen! Da wird einem
fast Angst. Und es gibt Fragen über Fragen.
Was brauche ich da alles?
Sportzeug. Wozu? Seit der Schule habe ich
keinen Sport mehr gemacht.
Welche Freizeitmöglichkeiten habe ich?
Wie kann ich sie nutzen?
Wie schlage ich die Zeit tot, ich will mich
doch nicht mit den Verrückten dort
befassen. Ich habe doch keine Macke! Und
auch ganz praktische Fragen. Was ist mit
Whiskey und Pfeife. Meine, wieder stärker
gewordenen, Begleiter an manchem trüben
Tag.
Wäsche waschen??? Das hat bisher meine
Mutter oder, später, Hermine (meine Ex)
gemacht! Muss ich das jetzt lernen???
Mann könnte ja auch so viele Klamotten
mitnehmen, daß man nicht waschen muß.
(Schlau!) Aber für sechs Wochen? Mit
Option auf acht Wochen???
Na klar, wenn man genau drüber nachdenkt,
spätestens wenn meine Ex auszieht, muss
ich mir da was einfallen lassen.

Und wieder Papier, Papier, Papier und
deutscher Bürokratenirrsinn. Formular A ist
unbedingt nötig um die Reha anzutreten.
Man bekommt es aber erst am letzten Tag
vor Antritt der Reha, wenn man vorher
Formular B eingereicht hat, welches der
Arzt maximal 2 Tage vor Rehaantritt
ausfüllen darf, welches aber ein
Wochenende ist.
Ääähhh???

Und was wird mit den Kindern. Beginnt
jetzt der Abschied? Sie wissen mittlerweile
Bescheid über die Trennung. Glauben sie
mir, daß ich wiederkomme?
Ich verspreche, jeden Tag einen Brief zu
schreiben, damit sie wissen was ich mache.
Helene, die Ältere soll versuchen, die
Briefe Nicole, der Jüngeren, vorzulesen.
Das übt gleich ein bisschen. Vielleicht
sogar besser als die Texte aus der Fibel.

Eine Woche vor Antritt der Reha muß ich
nochmal in die Firma. Ich wurde vorgestern
einbestellt. Was das wohl wieder wird?
Na egal. Ich muß eh noch zur Krankenkasse
und einkaufen, da fahre ich früh halt noch
schnell auf einen Kaffee zur Firma.
Der Termin ist gegen neun Uhr. Ich finde
mich um sechs erstmal bei Otto & friends
ein.
Otto ist ein Studienkollege von mir, der
zwar in einem anderen Bereich arbeitet,
aber mit dem ich immer noch intensiven,
mittlerweile freundschaftlichen Kontakt

habe. Zwar treffen wir uns hier eher privat, manchmal dienstlich, aber ich habe in seinem Büro mittlerweile einen Netzwerkanschluß und ein Eckchen für meinen Laptop bekommen. Somit kann ich bei ihm Kaffee trinken und trotzdem arbeiten. Das ist sehr angenehm.

Und die friends sind seine Kollegen, die hier um ihn herumsitzen. Teilweise aus der Werkstatt, teilweise von der Hardwareabteilung. Alle samt super Leute. Auch hier ist der Kontakt eher auf privater Ebene. Deswegen ist der Kaffee früh ein geiles Ritual. Na und nicht zu vergessen, unsere ehemalige Sekretärin Paula. Eine ganz Süße. Auch sie arbeitet inzwischen in einem anderen Bereich, ist uns aber immer noch eng verbunden und nicht nur als Frau, auch als Mensch eine Wucht.

Gegen neun Uhr schlendere ich zum Chef ins andere Gebäude. Ich treffe ihn im Flur. Er sagt, daß er kommt gleich, ich soll schon mal in seinem Büro warten.

Gesagt, getun getan. Dort lacht mich ein fetter, riesengroßer Blumenstrauß an. Der würde sogar mir gefallen. Für wen der wohl ist.

Mein Chef betritt den Raum, tritt auf mich zu und reicht mir die Hand. Bevor ich Guten Morgen sagen kann – hatten wir das nicht gerade schon auf dem Flur? – wünscht er mir quasi alles Gute zum Geburtstag, der morgen ist. Da bin ich baff!

Die meisten – auch er – kennen das Datum meines Geburtstages nicht einmal.

Ich feiere ihn zwar mit den Kollegen, aber
da wir viel unterwegs sind, immer zu
anderen Terminen. Wie es halt gerade passt.
Er fügt hinzu, daß er weiß, daß es erst
morgen soweit ist und er deshalb nicht so
richtig gratuliert. Aber die Blumen – ja der
fette Blumenstrauß! – könnte ich ja schon
mal mitnehmen. Auch als Zeichen der
Kollegen, daß sie sich Sorgen machen und
mir gute Besserung und eine tolle Reha
wünschen.
Scheiße – ich habe fast Tränen in den
Augen!
Ich freue mich riesig. Ich habe mit allem
gerechnet, aber nicht damit. Leider bin ich
gar nicht darauf vorbereitet. Und da die
meisten mal wieder nicht da sind, ziehe ich
nach einem Kaffee und einem lockeren
Gespräch mit meinem Chef einfach so von
dannen. Aber was mache ich mit den
Blumen? Ich bin nicht vor vier am
Nachmittag zu Hause, bis dahin sind sie
breit. Dafür sind sie aber viel zu schön.
Scheiße.
Da fällt mir Paula ein. Sie hatte vor 2
Wochen Geburtstag und ich war damals,
weil krank, nicht da. Gesehen habe ich sie
heute noch nicht, aber ich weiß, daß sie da
ist.
Als ich das Büro betrete, huscht ein Lächeln
über ihr Gesicht. Sie freut sich riesig, als
ich ihr nachträglich den fetten
Blumenstrauß zum Geburtstag überreiche.
Kurze Zeit später sitze ich mit einem
Käffchen in ihrem Büro und wir quatschen

lange und richtig intensiv über sie und mich und die Reha. Das tut richtig gut.
Sie bittet mich, sie unbedingt auf dem Laufenden zu halten. Ein Wunsch, dem ich gerne nachkomme. Neben den lockeren Gesprächen mit Otto & friends, war diese Runde mit Paula wunderschön und hat mir sehr geholfen, mir den Tag angenehm zu gestalten. Ein paar Minuten, von denen ich wieder zehren kann, wenn ich heute Abend alleine in meiner Ecke sitze und nur noch der Single Malt und die Pfeife für mich da sind..

Netty

Die Reha

Ankunft

Wenige Tage später.
Der letzte Tag bricht an. Ein Montag. Die
Anreise ist eigentlich erst morgen. Aber ich
soll um zehn Uhr da sein. Bis Bad Esen
sind es gut 500km. Diese Entfernung ist mir
morgens zu viel Fahrt.
Also verbringe ich eine Nacht vor Ort.
Außerhalb der Klinik. Ich kenne von
meinen Dienstreisen ein Hotel in der Stadt.
Es ist schon schwer, zu wissen, daß man
gleich lange weg ist. Selbst nach so langer
Zeit fällt es mir schwer mich ohne
Emotionen daran zu erinnern.
Ich bringe Leni, also Helene, zur Schule.
Mit Tränen in den Augen lasse ich sie bei
ihren Freundinnen zurück. Wir ahnen wohl
beide, daß dieser Tag viel verändern wird.
Dann bringe ich Nicci in die Kita. Hier, wie
auch in der Schule die Lehrerin,
verabschieden sich die Erzieherinnen
herzlichst von mir. Auch wieder mit kleinen
Geschenken. Nicci nimmt es anscheinend
lockerer als Helene, daß Papa gleich weg
ist. Sie ist halt eher ein Mamakind.
Ich hätte aber nicht gedacht, daß es mich so
mitnimmt.
Scheiße, ich heule schon wieder.
Glücklicherweise erst im Auto. Muss ja
keiner sehen!
Nun aber schnell. Noch schnell ein paar
Sachen zu Hause geholt. Ein erwartet

kühler Abschied von Hermine. Die
Krönung ist aber die Aufforderung, ich soll
mich dort ruhig umgucken, nach anderen
Frauen!
Hallo? Geht's noch?
Fahre ich zum Sechs – Wochen – Power –
Speed – Dating, oder soll ich mein Leben
wieder auf die Reihe kriegen?
Manchmal weiß man echt nicht mehr, was
man sagen soll!
Bevor ich aber richtig auf die Piste gehe,
habe ich aber nochmal einen Physiotermin.
Und das ist verdammt gut. Unter Jana's
zarten, gefühl – und kraftvollen Händen
bekomme ich den nötigen Abstand, um mit
freiem Kopf fahren zu können. Wir
quatschen nochmal richtig intensiv. Auch
sie macht mir Mut.
Und dann geht's los.

I'm on the road, baby.

Reha, ich komme und mit jedem
gefahrenen Kilometer geht es mir besser.
Raus aus diesem alten Muff.
Hundertmal und mehr bin ich diese Strecke
schon gefahren. Zu unseren Kunden, zu
unseren Zweigstellen oder mit Kollegen
während der Projektarbeit.
Aber heute ist es anders. Ich bestimme ganz
alleine, wie diese Fahrt läuft. Ich fahre für
mich. Das ist geil.
Nach einigen Stunden taucht Hannover auf.
Es ist um die Mittagszeit. Ich steuere eine
Fastfood Kette an. Kaum auf dem

Parkplatz, nehme ich das Telefon. Ich rufe Kollegen an, daß ich da bin.

Andy und Rollo, Kollegen der Zweigstelle vor Ort, die über die Jahre zu Freunden wurden. Zu sehr guten Freunden. Die sich sofort interessierten, als sie von den aktuellen Entwicklungen hörten. Wir haben uns hier verabredet. Auf ein gemeinsames Mittag und einen Plausch. Ich freue mich. Mit einem Buch bewaffnet, entere ich das Lokal und erwarte sie. Es dauert nicht lange und sie stehen in der Tür.

Was für eine Freude. Bestimmt ein halbes Jahr haben wir uns nicht mehr gesehen. Wir holen unser Essen und sind, nach wenigen Worten, wieder zusammen. So, wie vor vielen Jahren, als wir im gleichen Projekt arbeiteten und zwangsläufig viel Zeit miteinander verbrachten. Erst nur dienstlich, später auch privat. Diese Zeit lebt nun wieder auf. Aber auch die letzten Wochen bei mir leben wieder auf. Sie wollen wissen, wie es zur Trennung kam. Warum ich im Job die Pause brauche.

Und sie machen mir Mut. Bestärken mich in meinen Entscheidungen. Sie geben mir Kraft weiter zu gehen, auf diesem Weg und Neues anzufangen.

Wir rauchen, quatschen und lassen es uns gut gehen, soweit das in einem Burger – Laden geht.

Sie wollten nur eine Pause machen. Es wird ein Nachmittag. Ein Nachmittag, der mich sehr gestärkt hat.

Danke Jungs.

Viele Stunden später fahre ich weiter gen
Westen. Der Sonne entgegen. Ein Zeichen?
Quatsch, was soll da schon passieren!
Zum Abend bin ich da.
Das Hotel wartet auf mich so, wie ich es
das letzte Mal verlassen habe. Ich checke
ein und bringe mein Gepäck ins Zimmer. Es
ist schon dunkel und es regnet. Schade dass
die Jungs nicht auf Tour waren. Wir hätten
bestimmt noch einen geilen Abend gehabt.
So bin ich alleine. Ich habe keine Lust jetzt
allein durch die Stadt zu ziehen. Ich gehe
also an die Bar. Und ich habe Glück. Es
gibt auch kleine Happen zu essen. Und es
läuft Fußball. Somit sind nur wenige hier,
sondern alle vor dem Fernseher, wo auch
immer der steht. Ich habe meine Ruhe.
Ich kann, vermutlich für Wochen, in Ruhe
mein letztes Bier trinken.
Dazu lese ich "Fachliteratur". Sie kam
heute früh noch per Eilpost, „Woher kommt
der BurnOut". Hätte ich gar nicht gedacht,
daß das so spannend ist.
Etliche Pfeifen, Whiskey und Biere später
wanke ich aufs Zimmer. Hoffentlich fällt
das morgen nicht auf!

Die erste Woche

Dienstag, sechs Uhr dreißig. Pünktlich stehe ich vor dem Büfett im Hotel. Ich frühstücke nun mal gerne. Und vermutlich wird es für lange sechs Wochen das letzte vernünftige Frühstück sein. Man hört ja eine Menge...!

Ich genieße es wie eine Henkersmahlzeit. Das Essen und der ruhige Beginn des Tages waren mit die Gründe für den Zwischenstopp hier. Wäre ich heute zu Hause losgefahren, wäre ich jetzt bereits seit Stunden auf der Autobahn. So speise ich in aller Ruhe und fahre erst kurz vor zehn los. Es sind ja nur wenige hundert Meter.

Als ich in der Klinik ankomme, hält sich meine Begeisterung in Grenzen. Mehrere Hochhäuser, zwei, geschätzte zehn Etagen, ein weiteres ungefähr sieben Stockwerke hoch, stellen wohl die Bettenhäuser dar. Zumindest von außen „wunderbarer" 70er Jahre Charme.

Scheiße, sieht das nach Massenabfertigung aus. Aber egal. Nun bin ich hier. Und schließlich brauche ich die Auszeit. Das habe ich mittlerweile begriffen.

Die Dame an der Rezeption staunt nicht schlecht, als ich zwei Minuten nach zehn vor ihr stehe.

Hinter mir stehen gerade noch Patienten, die abreisen und auf ihr Taxi zum Bahnhof warten.

Aber schlecht ist die frühe Ankunft wohl nicht. Es dauert nur wenige Minuten und

eine Schwester holt mich schon ab. Zu
meinem Erstaunen bringt sie mich aber nur
in einen Gemeinschaftsraum, der nicht in
dem großen Haupthaus mit Rezeption liegt,
sondern in einem Flachbau, den ich für die
Verwaltung hielt. Er ist dem kleineren
Hochhaus vorgelagert. Hier soll ich warten.
Nach ein paar Minuten erscheint die
Stationsschwester. Sie führt mich
tatsächlich in den Verwaltungstrakt.
In der ersten Etage gibt es allerdings auch
noch Zimmer. Dort ist bereits ein Zimmer
frei und fertig. Das wird meins.
Ich gucke nicht schlecht.
Ein Flur mit großem Wandschrank bildet
den Weg in ein Zimmer mit sehr
geräumigem Doppelbett. Schreibtisch,
riesig groß, Flachbildschirm, mehrere
Sessel, Tisch und ein Kühlschrank
überraschen mich schon. Ok, das Bad ist
übersichtlich, aber ausreichend.
Ich hatte befürchtet, sechs Wochen in einem
Mini – Standard – Hotelzimmer fristen zu
müssen. Davon kann hier keine Rede sein.
Später erfahre ich, das ist der alte
Privatpatienten - Trakt. Aber es lohnte sich
nicht und somit werden hier auch
Kassenpatienten „weggesperrt". Naja, es
gibt Schlimmeres.
Gleich nach dem Abstellen des
Handgepäcks geht es weiter. Erst ein kurzer
Check durch die Schwester. Dann gehe ich
zur Stationsärztin zur
Aufnahmeuntersuchung. Ich muß schon
zugeben, als man 91kg Lebendgewicht

diagnostiziert, bin ich etwas erschrocken.
Da muß ich was tun.
Gut daß ich das gleich äußere. Die Ärztin
hatte wohl einen ähnlichen Gedanken.
Aufgrund meiner Reue scheint sie davon
abzusehen, mir eine richtige Diät zu
verpassen, Schwein gehabt!
Doch weil wir gerade dabei sind, geht's
jetzt sofort zum Mittag.
Das wird ja heiter. Ich sitze an einem Acht –
Manntisch. Sowas ist ja gar nicht mein Fall.
Na mal sehen, was das für eine Scheiße
wird.
Als ich den Raum betrete ist schon eine
Menge los. Mein Tisch ist voll. Ein Mann,
und sechs Frauen, die meisten bestimmt
älter als ich. Wie überhaupt der
Durchschnittspatient hier älter ist als ich.
Von wegen nach Frauen umschauen.
Zurückhaltend wie ich bin, grüße ich, setze
mich und harre der Dinge die da kommen.
Das geht aber nicht lange gut, denn die
Damen wollen mehr wissen und schicken
Jochen, meinen Tisch - und
Zimmernachbarn (also im Nachbarzimmer)
vor. Er soll mich in die Gepflogenheiten
einweisen und Details zu mir
herausquetschen. Und Jochen, ein
waschechter Sachse und eine Frohnatur,
lässt sich nicht lange bitten.
Nun, mit solchen Menschen habe auch ich
kein Problem und schon bevor der
Nachtisch verschlungen ist, fühle ich mich
schon ein bisschen angekommen. Das hätte
ich nicht erwartet.

Die nächste Überraschung ist der
Speiseplan. Nicht nur, daß das Essen
erstaunlich lecker scheint. Nein, Jochen
eröffnet mir gleich, daß, wenn ich nicht,
wie Annabell an der Ecke des Tisches, nur
bunte Punkte auf der Namenskarte habe, ich
nach Herzenslust bestellen und essen darf.
Und was mache ich mit meinen 91kg???
Nach den vielen angenehmen
Überraschungen kommt jetzt ein eher
unangenehmer Teil. Das Gepäck muß ins
Zimmer. Also nur zum Verständnis, ich
fahre einen Golf Kombi und der ist mit
umgeklappter Rückbank voll mit meinen
Klamotten! Na dann viel Spaß.
Irgendwann ist auch das geschafft. Ich
mache einen verdienten Mittagsschlaf.

Und dann?
Ja und dann.
Jetzt beginnt ein kleines Problem. Für heute
ist nix mehr geplant. Für morgen aber auch
nicht. Erst am Donnerstag gibt es die erste
Veranstaltung von der Klinik. Um vierzehn
Uhr.
Was mache ich bis dahin?
Mittlerweile weiß ich, daß das Teil der
Therapie ist.
Ankommen. Am Ort, in der Klinik und
nicht zuletzt bei sich selbst.
Das funktioniert auch ganz gut. Zumindest
bei mir. Schon am erst Abend bin ich mit
dem BurnOut Buch durch.
Glücklicherweise habe ich reichlich
Literatur dabei. Insgesamt neun Bücher.

Und nicht nur das.
Die Kinder bekommen ausführliche Post.
Schließlich waren sie mit ihrer Mama vor
einem Jahr selber zur Kur und wollen nun
wissen, wie das bei Papa ist. Sie können
mich ja auch nicht besuchen. Sie sind zu
klein um alleine zu kommen. Na und wenn
meine Ex hier mit ihnen auftaucht, ...!
Nee, das lassen wir lieber.
Aber es gibt noch eine andere
Beschäftigung.
In der letzten Woche vor der Reha mußte
ich ja nochmal kurz in der Firma
erscheinen. Hier traf ich ja Paula. Es
entspann sich ein langes, intensives
Gespräch an dessen Ende sie mich
eindringlich bat, mit ihr in Kontakt zu
bleiben. Unter anderem deshalb habe ich
mein Notebook bei.
Kurz vor meiner Abreise fand ich eine
Möglichkeit, um meine Erlebnisse in einem
Blog zusammen zustellen. So entstand die
Idee, ein Tagebuch zu schreiben. Diese Idee
setze ich an den ersten Tagen um. Ich richte
alles ein und beginne sofort damit, alle
Eindrücke für mich und auch Andere in den
Tagebüchern festzuhalten.
Ja richtig. Tagebücher.
Sehr schnell entstehen mehrere, da ich
eigentlich unterschiedlichen Personen
schreiben und berichten soll. Kumpels,
Paula, den Erzieherinnen aus der Kita und
Andy und Rollo, die ich in Hannover traf.
So bin ich den freien Minuten der ersten
Tage gut ausgelastet.

Der zweite Tag in der Reha beginnt ganz
ruhig. Das Wetter ist gut und so beschließe
ich, die nähere Umgebung und die Stadt
etwas zu erkunden.
Was als Tagesausflug gedacht war, endet
schon sehr bald, noch lange vor dem
Mittag.
Sehr aufregend ist das Städtchen nicht.
Also gehe ich wieder zurück um zu lesen,
zu schreiben und zu entspannen.
Nachmittags gibt es eine Überraschung. An
der Rezeption liegt eine Nachricht für mich.
Ich soll morgen vor dem Frühstück zum
Schwimmen.
Merken die noch etwas? Vor dem Frühstück
Sport? Und dann geht das in die
Frühstückszeit hinein, so daß mir von 2
Stunden nur noch 1,5 bleiben?
Ist das hier eine Strafanstalt? Was habe ich
getan?
Aber was soll's. Es ist wenigstens mal eine
Abwechslung.

Also bin ich am nächsten Tag pünktlich
sieben Uhr da. Die Schwimmhalle ist klein
aber fein. Die große Überraschung ist aber,
daß wir hier nur Rückenschwimmen
machen. Also ich schwimme ja gerne, aber
Brust!
Irgendwie macht es auf dem Rücken aber
doch auch ein bisschen Spaß. Und danach?
Man fühlt sich richtig gut, wenn man so
früh schon was geleistet hat. Und das Büfett
ist auch gleich doppelt so lecker!

Der Rest des Tages ist wieder relativ ruhig.
Nur um zwei Uhr nachmittags gibt's noch
den mit Spannung erwarteten Vortrag. Hier
werden alle neu Angereisten / Frischlinge
(von diesem Dienstag und Mittwoch) in die
Spielregeln eingewiesen. Danach ist wieder
Ruhe.

Am Freitag haben wir den nächsten Vortrag.
Gleich früh. Also diesmal nach dem
Frühstück. Ein bisschen Anstand hat die
Anstalt sich bewahrt. Da erklärt man uns
wie schön doch Sport ist.
Sport ist Bewegung, Bewegung macht Spaß
und Spaß ist gut.
Na gut, wenn Sport so toll ist, dann werde
ich das nach dem Vortrag mal gleich
ausprobieren. Ich schwinge mich auf mein
Fahrrad und prüfe wie viel Spaß ich
vertrage.
Nach den ersten Metern bemerke ich den
ersten Fehler.
Ich bin falsch abgebogen. Scheiße!!! Ich
fahre bergauf. Glücklicherweise gibt es
oben das Herzzentrum und die haben
bestimmt eine Notaufnahme.
Scheiße, bin ich fix und fertig als ich dort
ankomme. Gut, von hier ab geht es normal
und sogar bergab. Wie schön ist doch
Radfahren.
Oh, nö! Wie Scheiße ist das denn?! Ich bin
wohl weiter runter gefahren, als es bis zur
Klinik nötig gewesen wäre! Ich muß schon
wieder bergauf!
Ich hasse Berge! Ich hasse Rad fahren! Ich

hasse Sport!
Den Nachmittag verbringe ich dann lieber
wieder bei einem ganz kleinen
Stadtbummel.

Der erste Samstag in der Anstalt.
Ich habe komplett frei. Das kann ja was
werden.
Das gestern noch als schön angekündigte
Wetter entpuppt sich als Luftnummer. Doch
das Wetter soll uns nicht aufhalten, haben
wir gestern im Sport – Vortrag gelernt.
Also los.
Die extrascharfen Radlerhöschen, die ich
mir gestern Nachmittag noch geholt habe,
übergestreift und ab geht die Post.
Natürlich verhülle ich die Höschen auf dem
Klinikgelände noch mit einer Jeans. Diese
vielen alleingelassenen VerrücktInnen, da
weiß man nie, …!
Den Anfang der Route kenne ich ja schon.
Es geht besser als gestern. Nach einer
halben Stunde erreiche ich eine Kreuzung
auf dem neuen Stück des Weges. Also raus
mit der Karte und nachsehen.
Raus mit der Karte.
Mit welcher Karte????
Gut ich habe eine dabei, aber leider den Teil
oberhalb / nördlich der Klinik.
Ich bin aber unterhalb / südlich der Klinik.
– Scheiße!!!
Nun gut, die Richtung kenne ich, also los.
Nach 2 Stunden bin ich statt im Wesertal
wieder in der Klinik. Schöner Mist!
Aber wenigstens ein paar der Damen an der

Raucherinsel haben gesehen, was für ein junger, scharfer Profi – Radsportler gerade vorgefahren ist.

Innerlich total geknickt stelle ich mich nach einer heißen Dusche nach der Erbsensuppe an. Die hatte ich Früh noch stolz abgewählt, da ich ja außer Haus bin! Und das, wo ich Erbsensuppe nicht mag! Nicht verzagen! Dann gehe ich nachmittags halt in die Stadt. Da wird schon was los sein. Hier steht ja eine Klinik neben der anderen und alle haben heute therapiefrei. Wäre doch gelacht, wenn ich da nicht eine scharfe Patientin für die nächsten Wochen aufreißen kann. Am besten aus einer anderen Klinik.

Nach zehn Minuten bin ich in der City. Hier sieht's aus wie Fliegeralarm.

Quasi alles ist leer. Die Cafés haben zwar Stühle draußen, ich weiß aber nicht für wen.

Bis auf ein paar Penner am Busbahnhof ist keiner da.

Dreizehn Uhr dreißig in der City und die Geschäfte sind dicht!

Na für den geübten Wandersmann ist das kein Problem. Ich schlendere also weiter in das örtliche Einkaufszentrum direkt an der Bundesstraße.

Nach 2,5 Stunden bin ich wieder „zu Hause" Ich habe tatsächlich etwas Joghurt erbeutet. Was ist das öde!

Mittlerweile spüre ich auch die Beine. Also lege ich mich ins Bettchen und mache erst mal einen schönen Mittagsschlaf, vor dem Abendbrot.

Man soll sich hier ja erholen.

Sonntag, - man ist mir schlecht!

Seit Dienstag gibt es hier nur das Sparflammen – Essen

Und heute? Brunch! Sechs Stunden, von sieben bis dreizehn Uhr Büfett.

Warum macht man das mit uns? Sechs Stunden mußte ich dort sitzen und essen.

Es sind ja heute keine anderen Anwendungen.

Das Wetter ist schlecht und die Anderen sitzen auch alle im Speisesaal. Hinzu kommt, daß ich die nächsten Tage ja immer durch Anwendungen beim Essen unterbrochen werde.

Alleine gestern habe ich 4,5 Stunden Sport gemacht. Und nun?

Alles was ich abtrainiert habe, ist wahrscheinlich wieder drauf. Ich liege auf dem Bett und kann mich quasi nicht mehr bewegen. Man ist mir schlecht!

Das Schlimmste ist aber, hinterher gibt's nicht mal einen Absacker!

Glücklicherweise geht es mir zum Abendbrot wieder besser.

Abends erlebe ich dann eine kleine Sensation. Drei musikalisch begabte Patienten geben im Wintergarten der Klinik ein knapp dreistündiges Konzert.

Wir nennen sie die „Los Berlugas". Das war wirklich geil. Man vergaß fast, wo man war. Nur das fehlende Bier und das Rauchverbot erinnern daran, daß wir nicht in einem Club sitzen. Aber nun ins Bett.

Morgen geht's richtig los mit Therapie.

(Der Name für die drei Musiküsse ist
übrigens an den Kliniknamen Berluga –
Klinik angelehnt.)

Die zweite Woche

Tag 8. Montag, es beginnt eine neue, die zweite, Woche der Reha.

Ich will zurück!

Das ist ja hier ein Streß. Schlimmer als auf Arbeit

Um sieben gibt es Frühstück. Bereits um sieben Uhr fünfundvierzig muß ich zur Reizstrom – Einweisung. Direkt im Anschluss gibt es einen Gesundheitsvortrag übers Abnehmen.

Warum ich dahin soll, ist mir völlig unklar.

Ich bin doch gertenschlank. Oder?

Ich bin halt zu klein für mein Gewicht.

Aber für seine Größe kann niemand was.

Wenige Minuten danach beginnt die BurnOut – Gruppe. Das heißt, ich sitze mit zehn anderen Kaputten im Kreis und wir machen Ringelpitz (ohne Anfassen, leider).

Um Viertel nach elf tritt dann die Sonne in meine kleine Hütte (ins Zimmer). In Form der Chefärztin. Es ist Chefarzt – Visite. Da gibt es viele Fragen. Und als ich energisch auf den Arm hinweise, entscheidet sie für eine Menge mehr an Therapien.

Das Mittag habe ich dann gerade so geschafft. Danach mache ich erst mal einen schönen Mittagsschlaf.

Am Nachmittag muß ich dann zur nächsten Sitzung mit Kaputten. Wieder im Kreis sitzen und lustige Spielchen spielen. Naja wenn's hilft, …! Jetzt nennt sich das Basisgruppe. Die bekommt hier jeder. Die Leute die daran teilnehmen, sind quasi bunt zusammengewürfelt. In meinem Fall mehrere Frauen, alle 5 – 10 Jahre älter als ich, und ein schwules Pärchen. Eine interessante Mischung.

Und morgen geht es ähnlich weiter.

Wie soll man sich da erholen? Aber viel schlimmer noch, morgen ist auch das Bier alle. Da muß ich auch noch einkaufen gehen. Wie soll das funktionieren?

Ick will nach Hause!

Vor einer Woche um diese Zeit saß ich im Hotel Mercure. Ich rauchte genüsslich, trank lecker Weizen und Whiskey. Da ich das Hotel bereits kannte, freute ich mich auf ein reichhaltiges Frühstücksbüffet mit Rührei und Lachs.

Und heute?

Tja und heute, ohh Mann! Heute sitze ich bei Banane, Joghurt und leckerem Weizen alkoholfrei!!! am Rechner auf meinem Zimmer und freue mich, auf ein reichhaltiges Frühstück.

Zugegeben, ohne Lachs, aber 3 verschiedene Sorten Wurst und Käse, täglich wechselnd. Das ist schon ganz schön doll.

Naja ich hatte ja heute etwas Zeit. Damit jetzt endlich mal eine Therapie für meine Schulter beginnt, habe ich mir einen Getränkemarkt gesucht. Da kann ich jetzt täglich einen Sixpack holen und im Rucksack in die Klinik bringen. Hier trinke ich ihn zwangsläufig aus. Denn so kann im nächsten Tag weiter üben und wieder einen Sixpack tragen. So wird meine Schulter schön trainiert.

Ich bin sicher, bald geht es mir wieder
besser!

Tag 9 in Kaputtisthan.
Es ist wieder Frischfleisch eingetroffen.
Leider ist frisch übertrieben. Bei genauem
Hinsehen wäre Gammelfleisch wohl
korrekter. Da bin ich ja ein Jüngling gegen.
So wird das wohl nix mit dem Kurschatten.
Meine Hand bleibt wohl doch meine beste
Freundin. Wie schon so viele Monate
vorher.
Heute sind wieder Anwendungen ohne
Ende. Vorträge, Entspannungsübungen usw.
usw.. Es wird langsam gefährlich.
Ich soll jetzt Sport machen. Manchmal
frage ich mich, ob die mich hier kaputt
machen wollen. Ich habe 42 Jahre Sport
weitestgehend vermieden und jetzt soll's
was helfen???
Eine Viertelstunde sollen wir hier Fahrrad
(Ergometer) fahren. Dabei ist das Ding
noch härter und unbequemer als mein
echtes Fahrrad. Und vor allen Dingen fährt
es noch schlechter. Selbst wenn es nicht
bergauf geht, kann man hier kaum treten.
Und nebenan die Muckibude – die reinste
Folterkammer! Dafür zahlen Leute Geld?
Unvorstellbar!
Um das aber noch zu toppen, haben die hier
sofort gemerkt, daß ich da eh nicht hin will.
Also haben sie mir heute Abend gleich noch
Einzelergotherapie reingedrückt!
Morgen, in aller Frühe setze ich mich auf
mein Fahrrad und hau ab. Ich bin bald

wieder zu Hause (hoffe ich).

Tag 10 Jetzt ist Schluß!
Seit meiner Einlieferung vor acht Tagen
habe ich bereits 1,6 kg abgenommen. Ohne
das ich Sport treibe, ohne daß ich faste, nur
durch das gehaltlose Essen. Habe ich
wirklich so wenig in die
Rentenversicherung eingezahlt?
Anscheinend ist die Tatsache, daß ich
mittags schon immer zwei Portionen
bestelle, aufgefallen. Jetzt habe ich nicht
nur beim Frühstück Termine.
Morgen wird mir schon die Mittagszeit
halbiert. Wenn nicht bald ein Spendenfond
initiiert wird, mit dem
Lebensmittellieferungen für mich finanziert
werden können, fürchte ich, daß ich als
magersüchtig entlassen werde.
Es gibt ja nicht mal Bier!!!

Und der nächste Tag ist noch härter!
Es geht schon wieder um sieben Uhr
dreißig mit Schwimmen los. Mitten im
Frühstück. Die spinnen hier!
Dann ist Betriebsversammlung. Deshalb ist
leider kein Personal verfügbar.
Um zwölf ist die Versammlung dann
beendet. Zack und ich habe in der
Mittagszeit die nächste Therapie! Nun ist
wieder stundenlang nix. Endlich, um
fünfzehn Uhr, ist dann wieder Luft, Weg
und Nachbarn mit Knüppeln traktieren –
Nordic Walking nennen die das hier.
Als ich endlich Abendbrot essen kann,

diesmal ohne Unterbrechung, schaufle ich rein was geht. Aber es ist zu spät. Der Magen will nicht mehr. Er schmeißt gleich wieder alles raus. Super.

So verpasse ich auch den 2. Freitag die HappyHour und den kostenlosen Eintritt in die Wahnsinns – Kur – Disko hier. Scheiße! Wieder ein Wochenende ohne Kurschatten und das obwohl ich so ein geiles Doppelbett hätte! Glücklicherweise habe ich den Rechner und WLAN, sowie eine gesunde Hand. Da muß wohl das Internet wieder helfen.

Der 2. Samstag, Hammer war das heute ein Tag!

Gleich früh um neun habe ich es gewagt. Ich habe mich in die Höhle des Löwen begeben. Wer kennt nicht die Bücher „Nackt unter Wölfen" oder „Allein unter Frauen".

So habe ich mich heute gefühlt. Ich war heute früh tanzen!

Als Erstes 1,5 Stunden Zumba.

Geleitet wird der Spaß von einem Kubaner. 20 Teilnehmer sind erlaubt, Es waren bestimmt 25, um politisch korrekt zu sein, 24 Teilnehmerinnen, 1 Teilnehmer.

Genau, ich war dieser einzige Mann (außer dem Kubaner) …!

Beim Zumba ging das ja noch. Es ist ja kein Tanzen in dem Sinne sondern eher eine Art Aerobic. Er tanzt vor, der Rest (überwiegend ältere Semester) versucht sich annähernd ähnlich zu bewegen. Zugegeben,

ich kann das auch nicht, aber deswegen
stehe *ich* hinten.
3 Mädels aber tanzen in der 1. Reihe.
Ok, Mädels ist übertrieben aber doch sehr
attraktive Frauen, durchaus mal was in
meiner Altersklasse. Aber sie legen sich so
ins Zeug, daß es schon wieder was
Peinliches hat. Bekleidet mit knappsten
Tops und engen Höschen, wurde ein Tanz
aufgeführt, den man nicht beschreiben
kann. Wollen sie den Kubaner aufreißen
oder sind sie nur zu doll bei der Sache?
Der Kubaner reagiert jedenfalls nicht. Es
hat schon was Peinliches. Nun ja.
Nach 1,5 Stunden Zumba war ich eigentlich
total breit. Aber ich will auch sehen, wie
weit die 3 gehen. Es hat das Potential heiß
zu werden.
Also mache ich direkt im Anschluss noch
den 1,5 Stunden Salsa – Kurs.
Dies ist ein richtiger Tanzkurs. Ein großer
Teil der Frauen hat gewechselt. Und ich
bekomme eine sehr sympathische Partnerin.
Aber der Reihe nach. Es beginnt ähnlich
wie beim Zumba. Jeder für sich, erklärt der
Tanzlehrer die Schritte, die wir einzeln
wiederholen. Aber dann geht es mit
richtigem Tanzen weiter. Richtig Tanzen
heißt, mit Anfassen! Was für ein Chaos.
Eine der 3 Mädels schafft es tatsächlich,
sich dem Kubaner an den Hals zu werfen.
Die zweite akzeptiert den Verlust. Die
Dritte, muß, ohne ihren geliebten Kubaner,
sofort auf die Toilette und ward nicht mehr
gesehen.

Um mich haben sich dann die anderen ca.15
geprügelt. Sehr amüsant… !
Aber eine ist besonders schön, Elaine. Sie
sticht aus der Masse hervor. Und
glücklicherweise steht sie eh schon neben
mir. So schaffen wir es, uns zu finden. Eine
blonde Fee in meinem Alter. Die
Schmerzen vom Zumba sind vergessen.
Naja, nach 3 Stunden Tanzen bin ich fix
und fertig. Wobei ich nicht weiß, ob diese
Frau mit den strahlend blauen Augen und
der irren Figur, sowie dem spritzigen
Humor oder die Anstrengung vom Tanzen
der Grund dafür ist. Außerdem ist es schon
Mittag.
Also schnell duschen und die Suppe mit
Brot abholen (man merkt, es ist eine
Anstalt).
Danach setze ich mich ins Auto und fahre
knapp 20 min. Ich lande im Wiehengebirge.
Hier will ich über den Bergkirchener Kopf
zum Elfter Kopf wandern.
Aber es ist doch etwas mühsamer als ich
gedacht habe, den Weg zu finden. Ich bin
anscheinend der erste, der hier, nach den
Römern im Jahre neun, durch den Wald
geschlichen ist. Jedenfalls ist die
Beschilderung eine Katastrophe und für
Kurpatienten eher ungeeignet.
Glücklicherweise habe ich in der Schule
eine vormilitärische Ausbildung genossen,
somit ist das eigentlich nicht so schlimm,
aber leider hat auch die hiesige Gaststätte
zu!
Man, daß wäre schon toll gewesen. Nach so

einem Tag, gegen fünfzehn Uhr bei
achtzehn Grad (im Schatten! im März) im
Biergarten ein Stück Kuchen oder etwas Eis
und ein frischgezapftes Bier zu genießen.
Das hätte ich mir verdient gehabt.
Aber irgendjemand hat es mir wohl nicht
gegönnt!
Was soll's. So wandere ich halt zurück und
gut ist's.
Jetzt, nach dem Abendbrot, sitze ich hier
gemütlich am Rechner. Und lächle still in
mich hinein, wenn ich an diesen Tag
zurückdenke und mein Bier genüsslich zum
Mund führe. (Ich habe ja einen
Kühlschrank im Zimmer und den
Getränkemarkt um die Ecke.)
Was für ein Tag. – Mit einem Weizen!
Ich werde mich jetzt mal hinlegen. Mist, es
war wohl doch keine so gute Idee zu
Wandern und zu Tanzen!
Wie ging das mit dem Aufstehen und dem
Laufen?
Waren diese Schmerzen schon immer da?
Ich kann mich kaum bewegen. Scheiß
Sport!

Sonntag Nr.2, ach wie schön, ich kann
schon wieder sitzen.
Nein, die Nachtschwester hat mir nicht den
Hinter versohlt, oder was auch immer der
geneigte Leser jetzt dachte.
Ich habe heute eine Radwanderung (mit
einem „kaputten" Fahrrad - welches
bergauf nicht fährt – das bedeutet bergauf
schieben, bergab fahren) von 250km (nach

GaA – Index (Gefühlt am Arsch) entspricht
ungefähr dem 10fachen der realen Tour)
gemacht. Man war das ein Spaß.
Dabei ging es von der Klinik bis kurz vor
Herford. Von dort nach Vlotho und dann
durchs Wesertal zurück in die Anstalt. Und
das mit 1 Liter Wasser und 2 Müsli –
Riegeln!!! Wenn das einer meiner Kumpel
liest, macht er sich bestimmt riesige Sorgen.
Mit sowas haben die mich noch nie
gesehen!
Ja, ich war nicht in jeder Kneipe unterwegs.
Das könnte vielleicht aber auch daran
liegen, daß die einzige brauchbare
Gaststätte unterwegs „Mittagsbüfett – all
inklusive" anbot. Ein einfaches Rührei mit
Bratkartoffeln mit einem Bier hätte da über
20,-€ gekostet. Dafür war ich noch nicht
weit genug gefahren!
Ja richtig. Mit fünf Bier hätte es genauso
viel gekostet, aber wie soll ich nach fünf
Bier Fahrrad fahren???
Die letzten Meter waren dann jedenfalls
schon ganz schön hart, aber ich habe es
geschafft.
Wie ich dann aufs Zimmer kam, weiß ich
allerdings nicht mehr wirklich. Ich vermute
mitfühlende Patienten haben mich geführt
oder getragen.
Auf dem Zimmer stelle ich fest, daß ich
noch am Wasserautomaten Wasser holen
muß. Oh nöööö!
Das heißt, wieder 30 Stufen abwärts. Auf
jeder Stufe habe ich überlegt, ob es nicht
schmerzfreier wäre, sich die Treppe

herabzustürzen.
Aber mittlerweile komme ich fast wieder
schmerzfrei bis zum Speisesaal. Und sitzen
kann ich auch schon länger als 5 Minuten.
Eben war ich noch bei den 3 „Los
Berlugas". Die Patienten, die hier abends
manchmal spielen. Jetzt genieße ich noch
das Bier, welches mir heute Mittag versagt
blieb.
Ahhh, wie schön. Als wenn einem ein
Engel aufs Herze pinkelt!

Die dritte Woche

Die 3.Woche beginnt unspektakulär.
Meine Ärztin will die Anwendungen
kürzen, aber langsam habe ich mich daran
gewöhnt. Es ist ja auch immerhin die
einzige Abwechslung. Also bringe ich sie
von ihrem Plan ab. So viel ist es ja nun
auch nicht.
Solange wie genug Zeit bleibt, frisches Bier
zu holen, ist die Welt ja halbwegs in
Ordnung. – Das habe ich natürlich nicht so
gesagt. Ich bin doch nicht blöd!
Mit dem Frischfleisch dieser Woche scheint
auch nicht viel los zu sein. Viel bekomme
ich sowieso nicht mit, die meisten werden
in Haus 1 untergebracht.

Mittwoch, heute habe ich sieben
verschiedene Anwendungen. Was ein Streß.
Um siebzehn Uhr kommt dann die
selbstgemachte Krönung.
Erst knapp anderthalb Stunden Zumba.
Dann noch zweimal Salsa. Insgesamt also
vier Stunden Tanzen. Man hab ich mich
hinterher gefühlt.
Au ja, ich hab mich gefühlt!
Elaine. Mit ihr hat das Tanzen dann doch
sehr viel Spaß gemacht. Und der Blick in
diese tiefen blauen Augen. Er hat gut von
den Schmerzen abgelenkt. Sie in den
Armen zu halten, hat mich für den Verzicht
aufs Abendbrot mehr als entschädigt. Sie ist
eine Hammerfrau. Humorvoll, sehr
attraktiv, intelligent, temperamentvoll. Wie
glücklich muß ihr Mann sein?! Ich beneide

ihn schon ein bisschen. Aber mit ihrer
Familie, sprich den Kindern, verbietet sich
für mich jeder Gedanke in die Richtung, die
jeder gleich denken würde, wenn er sie
sieht.
Aber sie beim Tanzen in den Armen zu
halten ist schon wunderbar. Besonders
wenn Mann schon so lange auf Entzug ist,
wie ich.
Also Ende gut, alles gut. Der Mittwoch hat
sich doch gelohnt. Sehr gelohnt.
Wunderbar. Super. Spitze. Geil. ….

WANTED!!!
Der ominöse Salsa – Tänzer!
Wer ist der Teufelskerl, der in jedem Kurs
eine flotte Sohle aufs Parkett legt, egal wie
viel Frauen ihn anschmachten?

So, oder ähnlich werde ich wohl im großen
Speisesaal gesucht. Glücklicherweise bin
ich von den dortigen Damen weit weg. Das
wäre dort, glaube ich, schon sehr
gefährlich. Es herrscht wohl der blanke
Zickenkrieg um alles, was männlich und
halbwegs ansprechend ist.
Ach es ist schon lange her, daß mich eine
Frau so ins Schwitzen gebracht hat, wie
Elaine gestern! Tja, mittlerweile kann ich
wieder laufen. Aber nach 4 Stunden Tanzen
gestern, heute mit 1 Stunde Nordic Walking
zu eröffnen, hat schon was Schmerz –
perverses. Und die Anleitung des Trainers:
„… Und es muß ziehen und immer lächeln!
…" Danach gibt's noch Ergometer und

Muckibude!
Aber die kriegen mich hier nicht klein!
Mich nicht!

Freitag. Neuer Therapieplan. Neues Glück!
Denkste! Nächste Woche steppt hier der
Bär.
Es gab eben die Therapiepläne für die
nächste Woche.
Wegen Ostern haben wir eine kurze Woche.
Deshalb haben sie uns die Anwendungen
von 5 Tagen auf 4 komprimiert.
Die sind hier ganz schön hart drauf! Am
Ostersamstag soll evtl. auch therapiert
werden. Voll die Härte!
Was haben die ein Glück, daß ich gerade
nichts Anderes vorhabe!
Aua, ich komme gerade vom Tanzen. Was
war das wieder schön.
Auch wenn Elaine nicht da war, hat sich mit
Netty sofort ein hervorragender Ersatz
gefunden. Obwohl, Ersatz stimmt nicht. Am
liebsten würde ich beide nehmen.
Wunderschön!
Netty, oder Annette, wie sie richtig heißt,
kam Mittwoch an.
Da habe ich wohl was übersehen! Aber
genau genommen, ist sie mir schon vorher
aufgefallen.
Sie wartete am Donnerstag beim Vortrag für
die Frischlinge. Jünger als ich. Geiler Arsch
in einer frechen engen Jeans und die feinen
Brüste dezent in einer betonenden Bluse
versteckt. Eine scharfe Blondine. Das wäre
mal was.

Und heute, sehr spaßig, heute wurde ich,
wurden wir, gleich angesprochen:
„ … wie lange tanzt Ihr schon Salsa? Ihr
seid ein wunderbares Paar! Es macht richtig
Spaß Euch zu zusehen! …" .
(Es macht nicht nur Spaß zu zusehen,
rrrrrrrrrrrr!)
Es geht aufwärts. Mein Ruf wird größer. Es
ist einfach super, wenn Man(n) sich von
einer so kundigen Frau führen lassen kann.
Auf die Disko, heute Abend, kann ich da
gut verzichten.
Was gibt das eine schöne Nacht.
Man! Nicht mit Netty. Ausgepowert, alleine
im Bett. Naja, vielleicht im Traum noch
beim Tanz mit Elaine und Netty.

Der 3. Samstag beginnt.
Meine Güte, wie soll man sich hier erholen?
Heute früh beim Frühstück sitzt ewig keiner
mit mir am Tisch. Dann gehe ich halt um
Viertel vor acht mal schnell los.
Schließlich muß der Brief an die Kinder ja
noch abgeschickt werden. Der nächste
Briefkasten macht um acht zu, also sprinte
ich raus. Trotz des Regen. Dabei fällt mir
auf, dass gleich der erste Zumba – Kurs
beginnt. Also renne ich noch etwas
schneller zum Briefkasten, …. Dann eile
ich sofort zurück. Mit knapp zehn Minuten
Verspätung treffe ich beim Zumba ein, und
ab geht die Post. Im Nu ist die Zeit vorbei.
Zweimal Zumba und einmal Salsa. Was ein
Spaß und was eine Anstrengung!
Netty hat sich übrigens schön

ausgeschlafen. „Zu voll der Kurs", erklärt
sie mir später. Also bei mir in der Ecke war
für Netty oder Elaine immer ein Platz
frei…!
Jetzt geht's schnell zum Mittag und sofort
danach auf zum Wandern.
10km durch den Ort und Umgebung in
geführter Wanderung. Naja zugegeben, das
ist eher was für Rentner. Aber probieren ist
ja erlaubt und Netty versüßt mir den Weg.
Nach dem Abendbrot wasche ich schnell
noch die Wäsche. Und dann geht's auf die
Piste, Dart spielen, mit Berni und Jana.
Von da bin ich eben zurück. Was war das
ein Spaß. Oh Mann und ich bin breit!
Scheiße, das wird morgen ein Kater!
Aber geil war's doch!

Sonntag. Heute ist wieder Brunch.
Ich gehe mit dem Vorsatz essen, heute
richtig was zu unternehmen. Deshalb
nehme ich schön die Wanderkarte mit in
den Speisesaal. Ich will mir noch eine Tour
raussuchen. Während des Essens überfällt
mich aber derart viel Unlust, daß ich
spontan 5 Stunden durchbrunchen muß.
Das Ende vom Lied: ich liege wieder mit
Bauchschmerzen auf dem Bett, weil ich so
voll bin. Und gemacht habe ich auch nix.
Naja was soll's, es war aber auch verdammt
lecker.
Übrigens hat die Klinikleitung heute Mittag
klargestellt, wie das mit Ostern läuft.
Damit wir keine Erwartungen mehr haben,

gab es heute Kaninchenrückenbraten – nix Osterhasi mehr.

Die vierte Woche

Die nächsten Tage sind ruhig.
Dienstagabend gehen wir wieder schön
Dart spielen. Das wird wohl eine neue
Therapiestunde. Da könnte ich mich dran
gewöhnen. Vor allem kommt dort aus dem
Hahn der Zapfanlage nicht nur Wasser!
Aber diese Kopfschmerzen hinterher. Naja
irgendwas ist immer.

Mittwoch, meine Güte, was war das wieder
für ein Tag!
Um sieben Uhr dreißig – noch vor dem
Frühstück! – geht's mit Rückenschwimmen
los. Allerdings sind es heute nur vier Leute
im Bad. Schön leer.
Dann gibt's Frühstück und gleich im
Anschluss Entspannung nach Feldenkrais.
Blöd daß ich schlecht geschlafen habe,
Schwimmen absolvierte und mein Magen
voll ist! Ich schlafe fast ein. Mehrfach weiß
ich gar nicht, was die Tante da vorne
erzählt!
Als wenn das noch nicht reicht, gibt's dann
gleich Entspannung nach Jacobsen. Was
habe ich da schön geschlafen …!
Glücklicherweise. Irgendjemand soll laut
geschnarcht haben. Damit hat er alle
anderen gestört. Na ich habe nix gehört und
mich prima entspannt. Schnarchen wird eh
überbewertet.
Nachmittags ist dann wieder Stromtherapie
an der Reihe.
Aber um fünfzehn Uhr geht dann die Post
ab! Als Erstes Nordic Walking. Heute mit

einer Truppe, die eher gerannt, als gelaufen
ist. Und leider war Elaine nicht dabei. Mit
ihr hätte ich schön im Café abtauchen
können!
Gut, danach haben wir Basisgruppe. Da der
Therapeut im Urlaub ist, machen wir es uns
selber. Das ist richtig schön, richtig offen.
Ich bin das Mäuschen, als sich 5 Frauen das
Herz über ihre Probleme ausschütten,
unglaublich. Aber sehr gut. Viele Sachen,
die ich bisher bei Frauen nicht
nachvollziehen konnte, werden mir klarer.
Solch ein aha – Erlebnis wünsche ich
eigentlich jedem Mann.
Direkt im Anschluss beginnt Zumba. Mit
einer Menge schöner Frauen.
Besonders aber mit Elaine und Netty. Super
geil! Die beiden Frauen und das Tanzen.
Danach kommt dann noch zweimal Salsa.
Die erste Runde mit Elaine.
Und was soll ich sagen. Netty lässt sich
dann von mir noch überreden, die zweite
Runde Salsa mitzumachen. Und das obwohl
sie schon ein bisschen müde ist. Eine starke
Frau. Vier Stunden hält sie durch – Meine
Hochachtung! Sie hat spontan aufs
Abendessen verzichtet und sitzt jetzt in
ihrem Zimmer vor einem trockenen
Brötchen.
Ich sitze jetzt bei mir, esse auch noch ein
wenig und lasse die letzten Tage und
Stunden Revue passieren. Mit einem kühlen
Blonden in der Hand.
Mit einer heißen Blonden im Arm, wäre es
natürlich noch besser, aber was nicht ist,…!

P.S. Ich hoffe Netty ist nicht blond, ich habe eine Schwäche für das Nichtmerken von Haarfarben. Nicht das es Missverständnisse gibt, ich habe die Ringe an der rechten Hand gesehen! – Obwohl ich gerade heute in der Gruppe gelernt habe, daß das gar nichts zu bedeuten hat.

Ach, dieser Donnerstag war, rückblickend, ein schöner Tag.
OK, man muß das nicht unbedingt aufs Wetter beziehen. Es gibt aber auch andere Gründe sich zu freuen.
Gut das Schwimmen am Morgen muß leider ohne meine Lieblings – Bade – Nixe stattfinden. Sie wird wegen Verspätung nicht mehr zugelassen.
Eigentlich wollte ich das anschließende Nordic Walking ja schwänzen, aber auf dem Weg von der Schwimmhalle in mein Zimmer komme ich am Sammelpunkt fürs Walken vorbei. Und wen treffe ich da?
Elaine! Da geht doch gleich die Sonne auf.
Also ändere ich spontan den Plan, springe ins Sportzeug rein und schon habe ich Frühsport an der der frischen Luft mit einer bezaubernden Begleitung gewonnen. Was ist das geil. Mit Elaine an meiner Seite macht mir sogar Sport Spaß.
Danach gibt es dann ein kurzes, aber schönes Frühstück und ein bisschen Ergotherapie.
Nun habe ich etwas Freizeit und ich frische die Vorräte für Ostern auf.
Beim Edeka um die Ecke läuft mir doch

glatt Netty über den Weg.
Sie hat sogar Zeit für einen kleinen
Spaziergang. Mit der Sonne an meiner Seite
drückt das Bier in meinem Rucksack quasi
gar nicht mehr. Ein schöner Plausch mit
meiner netten Begleiterin lässt die Zeit und
den Umweg zurück zur Klinik, wie im
Fluge vergehen.
Im Nu ist es Mittag und ein Kollege kommt
vorbei. Er war gerade in Holland und will
mal sehen, wie es mir geht. Wir fahren zum
Griechen und quatschen über die Firma und
die Welt. Es tut gut, mal mit einem
Normalo zu reden.
Dann muss ich schnell in die Gruppe.
Anschließend laufen mir abwechselnd
Elaine und Netty über den Weg. Im Nu
verfliegt dadurch der Nachmittag und ich
habe auf einmal eine Einladung zum
Kaffee. Im Wintergarten verquatsche ich
mich mit Netty unglaublich.
Plötzlich zerren mich die Mitpatienten
förmlich von ihr weg, damit ich das
Abendbrot – Büfett eröffne.
(Normalerweise warte ich bereits eine
Viertelstunde vor Eröffnung des
Speisesaales davor.) Die Säcke gönnen mir
auch garnix!
Beim Abendbrot wird mir das unmoralische
Angebot unterbreitet, mich mit
„Unbekannten" – also Berni und Jana und
ein paar anderen – in einem Irish Pub zu
betrinken. Das ist natürlich völlig
inakzeptabel.
Ich ergreife lieber die Initiative und sitze

kurz nach neunzehn Uhr mit Netty in der
Weinstube – in Haus 5 – wie sie
klinikintern genannt wird.
Was dann folgt, ist ein wunderschöner
Abend.
Und ich hoffe, es war nicht der letzte!
Langsam fühle ich mich wohl hier!
Abends als wir heimkommen, geht hier
noch richtig die Post ab.
Ich muß mich hinter Netty und einem
Pfeiler vor den betrunkenen Patientinnen in
Sicherheit bringen. Sie kommen gerade aus
Haus 4 (das ist die andere Kneipe direkt
neben der Klinik) und sind total aufgedreht
durch den Alkohol. Gefährlich, gefährlich!
Später wurde eine Patientin von vier
Männern aufs Zimmer getragen, völlig
breit.
Glücklicherweise bin ich nicht in Haus 1
untergebracht. Das hat wohl manchmal
Ballermann – Qualität.

Mittlerweile ist Karfreitag.
Früh machen wir freiwillig Gruppe. Ohne
den Therapeuten. Das geht über drei
Stunden und ist die Fortsetzung von
neulich. Es ist wieder sehr interessant und
wieder mit fünf Frauen. …
Dann folgt ein äußerst üppiges Mittag und
danach wieder Bauchschmerzen,
Bewegungsunfähigkeit, Mittagsschlaf.
Nun blinzelt die Sonne durchs Fenster und
ich mache einen Spaziergang.
Dabei treffe ich Elaine. Sie kommt gerade
aus dem Kurpark zurück. Es entspinnt sich

ein schöner Plausch und bald bin ich (mit
ihr) wieder zurück.
Nach dem Abendbrot ist dann noch die
Nachtwanderung angesagt. Der netteste Teil
davon ist, als Netty mit mir von der Tour
abbiegt, um noch etwas um die Häuser zu
ziehen. Leider war wieder nur um die
Häuser ziehen drin, statt einer gemeinsamen
Nacht.
Auch wenn es mir wahnsinnig schwer fällt,
ist es vielleicht ganz gut, daß sie so
vernünftig ist. Morgen früh ist ja wieder
Tanzen. Außerdem ist sie verheiratet.
Ach, Netty, die Frau hat schon was!

Die Füße freuen sich jedenfalls riesig, aus
den Wanderschuhen herauszukommen.

Der 26. Tag hier ist der Ostersamstag. Es
wird ein wunderschöner Tag werden, bzw.,
ein super toller Abend. Aber der Reihe
nach.
Es beginnt für ein Wochenende recht
hektisch.
Gleich früh um sieben geht es zum
Frühstück. Allerdings nicht lange, denn der
Brief an die Kids muß schnell zum
Briefkasten. Fix geht's zurück und dann in
die Sport Klamotten, ab zur ersten Zumba –
Runde um acht Uhr. Gleich danach mache
ich mit Zumba Kurs Nummer zwei weiter.
Allerdings diese Woche nur zur Hälfte.
Wegen Karfreitag hat man uns ein paar
Therapien auf den Samstag gelegt. Meine
beginnt um zehn Uhr dreißig.

Duschen. Umziehen. Gruppe.
Diesmal ist die Gruppe mit Therapeut, nach
meinem Empfinden, sehr gut, mit tollem
Inhalt. Der Therapeut hat in seiner
Begeisterung so überzogen, daß Netty, die
auch dabei war und ich nur noch die letzten
zehn Minuten vom Salsa sehen. Schade, wir
hätten gerne noch mitgemacht.
Dann gehen wir eben gleich zum Mittag.
Anstaltskost mit Suppe und Brot.
Ostern!!!
Das Wetter hat sich aber gebessert, also
ziehe ich los, Ostereinkäufe tätigen. – Nein!
Nicht, was der geneigte Leser wieder denkt!
Kein Bier.
Einfach alltägliches Zeug. Ganz langweilig.
Nüsse, Obst, Joghurt, Müsli – Riegel,
Kondome – man weiß ja nie!!! und was
man sonst noch braucht. Nachdem mich auf
dem Rückweg auf den letzten Metern ein
Hagelschauer überrascht, schlendere ich
kurze Zeit später noch etwas durch den
Kurpark, die Sonne will mich wohl
entschädigen. Anschließend mache ich
mich auf zum Wäsche waschen. Drei
Maschinen bekomme ich sauber durch, wer
hätte das gedacht!
Ganz alleine!!!
Nachdem Abendbrot wird mir am Telefon
mitgeteilt, daß ich noch tanzen gehen will.
Ääääähhh?
Ich tanzen gehen? Wenn ich das hier so
lese, frage ich mich immer noch, was hat
mich da geritten? Also ehrlich, ich hätte
gerne sie geritten. Das war wohl die

Motivation.
Daher kann, nein will, ich mich nicht
wehren, gegen eine so geile Frau wie Netty
und finde mich mit ihr gegen zwanzig Uhr
im „Haus 4" wieder. (Eigentlich hat die
Klinik nur drei Gebäude. Haus 4 ist die
Gaststätte, gleich vor der Klinik.)
Nach ein paar Getränken und einem netten
Gespräch geht's auf der Tanzfläche los.
Und wie! Ich habe nicht gedacht, daß mir
das Tanzen so viel Spaß machen könnte.
Das hätte „ewig" dauern können. Aber wie
das im Leben ist, irgendwas ist immer. Wir
haben hier nur Freigang bis null Uhr. Tja,
den Autoschlüssel hatte ich im Zimmer
liegen lassen. Also müssen wir pünktlich
sein und (gefühlt) leider viel zu früh wieder
los.
Ich habe sogar ein Andenken
mitbekommen. – NEIN –, keinen
Knutschfleck! – nur ein kleines
Problemchen im Knie.
Sechs Stunden tanzen an einem Tag ist
wohl doch etwas viel gewesen.
Netty, trotzdem danke für diesen schönen
Abend!

Tag 27, Frohe Ostern!
Das wünscht uns heute auch die
Klinikleitung.
Mit Osterservietten.
Mit gefärbtem Osterei.
Und mit Räucherlachs!!! zum Brunch.
Wider Erwarten kommt dann sogar noch
die Sonne heraus. Das ist doch ein Fest!

Dadurch könnte ich wandern gehen. Also gedacht, getun getan. Ich setze mich wieder ins Auto und fahre wieder ins Wiehengebirge rüber. Dort will ich heute nach Porta Westfalica zum Kaiser Wilhelm Denkmal wandern. Leider meldet sich nach knapp 10km meine „alte" Kriegsverletzung aus der letzten Nacht zurück.

Die am Wegesrand stehende Wanderkarte zeigt an, daß sich der Weg noch ewig ziehen wird. So beschließe ich vorzeitig umzudrehen. Wegen der Schlankheit natürlich ohne in die Gaststube, die am Wegweiser steht, ein zukehren.

Ja sagt es ruhig. Ich bin ein Held!

Ungefähr nach vier Stunden bin ich wieder zurück. Einigermaßen geschafft. Da hilft am Besten das alte Rezept, duschen und ab ins Bettchen, einen schönen Mittagsschlaf machen. Das ist geil.

Da wieder schönes Wetter ist und viele noch im Urlaub sind, vermute ich, daß die Waschmaschinen frei sind. Also wasche ich gleich noch die Wandersachen. So ist zum Abendbrot alles in Ordnung. Die Hütte ist aufgeräumt, die Wäsche sauber, ich bin wieder munter, – alles ist gut.

Heute gibt es allerdings keine Abendveranstaltungen. So sitze ich hier mit meinem Bierchen, einem Joghurt und Weintrauben als Erdnuss – Ersatz, für die Diät. Zumindest Diät – technisch also ein gelungenes Osterfest!

Die fünfte Woche

Ostermontag

Auch heute ist nicht viel los. Auf speziellen Wunsch einer einzelnen Dame nehme ich daher kurz die Assistenten – Rolle im Fitnessstudio ein. Natürlich ohne selber ins Schwitzen zu geraten. Ich bin hier zur Erholung. Obwohl, eigentlich schwitzt Mann schon, wenn Mann ihr nur zusieht! Was ein Prachtweib! Aber nein, ich bin brav. Sie hat einen Mann und ich bin außerdem zurückhaltend. Da baggert man nicht gleich alles an.

Obwohl, bei Ihr könnte Mann schwach werden.

Kurz davor fiel das geplante Baden, mit dieser Dame, wegen eines verschwundenen Badeanzugs, leider aus. Obwohl, mich hätte es nicht gestört!!!! Nun wird es also ein ruhiger Tag.

Tja denkste!

Kurz vor sieben abends kommt per Telefon die therapeutische Anordnung, mich sofort zum Singen einzufinden. Gut, wer auf Schmerzen steht, dem singe ich auch was vor!

Doch oh Wunder. Die Singstunde erweist sich als höchst unterhaltsam. Der Musikus am Klavier hat auch ein großes Talent zum Entertainer. Somit wird der Abend dann doch ganz nett und ich muß mich wieder einmal bei meiner „personal Therapeutin", wie ich Netty jetzt langsam nennen muß, bedanken.

Warum personal Therapeutin? Nun, durch

ihr Engagement spüre ich wieder, daß ich
lebe. Und das macht richtig Spaß. Tag für
Tag komme ich aus der Lethargie der
letzten Jahre heraus.

Dienstag, es ist vorbei mit den Feiertagen
und der Ruhe. Ich weiß gar nicht, was hier
los ist.
Seitdem ich die „personal Therapeutin"
kenne, habe ich irgendwie keine Zeit mehr.
Und das Ganze macht mir auch noch Spaß!
Wegen dem kaputten Knie (vom
Osterwandern) kann ich das Fitness –
Studio nicht mitnehmen. Das ist aber auch
jammerschade! Somit habe ich den ganzen
Vormittag Freizeit. Zum Erholen habe ich
mich hingelegt. Erholen? Ruhe? Das wird
hier seit kurzem nicht mehr geduldet.
Nach einer halben Stunde, werde ich in ein
zweistündiges Telefonat mit Netty
verwickelt. Mit Mühe schaffe ich es noch
zum Mittagessen. Meine Mitpatienten
staunen nicht schlecht, ich bin sonst der
Erste! Langsam entstehen hier Gerüchte.
Die grinsen neuerdings immer so komisch!
Haben sie mich mit Netty gesehen?
Egal, es geht darum den Nachmittag schnell
abzuhaken. Schließlich geht's nach dem
Abendbrot zum Shoppen in das örtliche
Einkaufszentrum. Die Badelatschen sind
kaputt. Wer mich begleitet, sage ich nicht!
Nur, daß sie in ihrem neuen Bikini
supersexy ist.
Als Abschluss gab's dann noch einen netten
Plausch, in einem Lokal.

Und wieder ist ein schöner Tag um.

Tag 30 Heute ist es mal ein bisschen
ruhiger.
Nach den Therapien am Vormittag, kann ich
im Anschluss an das Mittag, gleich mal
einen Stadtbummel machen und mich um
kleinere Abschiedsgeschenke, Briefpapier
für die Kinder und eine ordentliche
Abendgarderobe kümmern. Als
Ostergeschenk habe ich Netty zum Varieté
eingeladen. Natürlich habe ich keine
Klamotten dafür bei. Also muß ich was
kaufen.
Um siebzehn Uhr geht's dann wieder zum
Zumba. Es schließt sich zweimal Salsa an.
Natürlich bin ich dabei. Auch Netty und
Elaine geben sich die Ehre. Leider gibt's
dann beim zweiten Salsa – Kurs Probleme.
Fast hätte ich ohne Partnerin dagestanden,
aber es gelingt mir, Elaine zu überreden,
daß selber tanzen besser ist, als „Lets
dance" zu sehen.
Aber es hat sich wirklich gelohnt, Elaine zu
bequatschen!
Zuerst macht sich der Tanzlehrer aber einen
bösen Scherz mit uns. Zu Beginn des
Paartanzens will er, daß *wir* Vortanzen.
Ohne Musik, Ohne Takt. Das geht furchtbar
schief.
Daraufhin zeigt er es wieder selber. Als die
Musik aber läuft, haben Elaine und ich
keine Hemmungen mehr. Neben dem
normalen Salsa – Schritt, tanzen wir den
Sidestep versetzt. Auch die halbe und

vollen Drehungen machen wir gegeneinander. Wow, das macht richtig Spaß und bringt uns wohlwollende und erstaunte Blicke des Tanzlehrers ein. Seine Kurse haben doch etwas gebracht.
Da kann man sich echt dran gewöhnen!

Tag 31 in der Reha. Was soll das?
Mittlerweile habe ich regelmäßig Rückenschwimmen. Fast täglich. Eigentlich immer mit den gleichen Leute. Und heute? So etwas wie Wale und andere Frischlinge fallen in Scharen in das Bad ein. Ich bin der einzige alte Hase und versuche, so elegant und flink wie ein Delphin, zwischen denen als Kette schwimmenden Neuankömmlingen mit doppeltem Tempo durchzukommen. Furchtbar. Leute, so macht das keinen Spaß!
Ansonsten gibt es auch heute nicht so viel zu tun. Mit dem Wäsche waschen habe ich hier ja angefangen. Aber Bügeln? Nein, irgendwann ist Schluss. Also habe ich die neuen, schicken Hemden von gestern mal gleich bügeln *lassen*. Nun hole ich sie ab und besorge gleich noch ein paar Kleinigkeiten. Auch der Abend scheint ruhig zu werden. Meine "personal Therapeutin" fährt heute ins Einkaufsparadies shoppen, mit ihren Mädels. Also habe ich Zeit mich einem gepflegten Dart – Spiel unter Männern zu widmen.
Soweit der Plan! Es hätte auch ein schöner Tag / Abend mit Berni werden können.

Leider taucht nach zwei Runden Dart, Rosi
mit einer Freundin auf. Berni und ich
„müssen" das Spiel spontan beenden und
uns zu den Mitpatientinnen setzen. ... .
Der Männerabend ist gelaufen und wir
schaffen es mit Mühe und Not und starker
Schlagseite pünktlich in die Klinik zurück!

Freitag der 13.
Der Ausrutscher von gestern Abend rächt
sich früh gleich fürchterlich! Wo kommen
diese höllischen Kopfschmerzen her?
Scheiße war ich gestern voll!
Oh Mann.
Heute hat eine Patientin an unserem Tisch
zwar 60. Geburtstag, aber ich kann nicht am
Tisch warten, bis sie kommt. Ich muß mich
wieder hinlegen. Ich verschlafe sogar das
Nordic Walking. Mist!
Glücklicherweise nimmt sich meine
„personal Therapeutin" meiner an. Nach
einem längeren Spaziergang, sieht die Welt
wieder besser aus. Was täte ich nur ohne
sie???
Zum Zumba – Kurs um vierzehn Uhr bin
ich dann wieder fit.
Leider können Netty und ich den
anschließenden Salsa – Kurs nicht
mitnehmen. Man hat uns noch Therapien
um sechzehn Uhr ins Programm gedrückt.
Naja, schade (ich hätte gerne eine Nummer
mit ihr geschoben, ich meine die Salsa –
Nummer mit Elaine mit ihr wiederholt),
aber wir sehen uns ja abends noch. Es gibt
für mich heute eine kleine Premiere. Ich

besuche heute (natürlich aus rein therapeutischen Gründen) das erste Mal die örtliche Nobeldisko – das „Arabesk". Allerdings werden wir nur kurz bleiben, denn eigentlich wollen wir ins Varieté gehen. Wir sehen uns also die Disko an. Eine wunderschöne Location Wenig später sitzen wir im Varieté. Hier erleben wir ein super Programm und ich kann nur sagen, es war ein wunderbarer Abend, mit einer reizenden Begleitung. Leider hatten wir keine Loge. Super! Jippi, ich lebe doch noch!

Der Samstag bedeutet immer den gleichen Streß.
Früh um sieben Uhr am Morgen beim Frühstück erscheinen. Bereits um sieben Uhr dreißig ist das schon wieder vorbei. Schnell muß dann der Brief an die Kinder noch zum Briefkasten gebracht werden. Ist das geschehen heißt es umziehen und um pünktlich acht Uhr zum Zumba – Kurs antreten!
Dann beginnt der Tanzmarathon von vier Stunden. Aber mit Netty und Elaine an meiner Seite, die sich heute wunderbar abwechseln, geht es gleich viel besser. Netty geht nach der ersten Runde lieber Schuhe shoppen, statt zu trainieren. (Aber es hat sich gelohnt, sie holt mich vom Tanzen ab und sieht großartig aus. Also ich bin versöhnt, …!)
Doch zuvor zeigt unser Tanzlehrer Elaine und mir heute, obwohl es ein Anfänger –

Kurs ist, mit völlig neuen Schritten, daß wir
von Salsa keine Ahnung haben! Ist das die
Revanche für den Mittwoch, wo wir eine
flotte Sohle aufs Parkett legten???
Na egal. Zum Mittag warte ich auf die
übliche Anstalts – Suppe und stelle fest, daß
mein Knie Probleme macht. Also gibt es
nach dem Mittag erst mal ein kleines
Schläfchen. Das Knie will dann immer
noch nicht.
OK, dann hilft also nur noch schwimmen.
Ein kurzer Anruf genügt und meine
„personal Therapeutin" trifft sich mit mir,
im neuen Bikini, in der Schwimmhalle. Was
für ein geiler Anblick. Ein wunderschöner
mit Körper, zarten Brüsten und knackigem
Po und Schenkeln, in dem, von mir neulich
ausgesuchten, Bikini. Was ein Mist, daß
solche Frauen immer schon vergeben sind.
Jedenfalls versöhnt mich dieser Anblick mit
den Frischlingen der letzten Woche beim
Schwimmen. Da waren ja auch Mini – Wale
dabei, …!
Ebenfalls sehr schön ist, daß wir die meiste
Zeit allein sind. So kann ich in Ruhe meine
Bahnen ziehen. Natürlich ständig von ihr
angetrieben. Nach einer Stunde bin ich fit
genug, das Wasser zu verlassen und mich
den Vorbereitungen für den Abend im
„Arabesk" zu widmen. Um zwanzig Uhr ist
es soweit. Netty, Elaine, Bernie, Jana, ich
und ein paar andere Patienten haben die
Disko geentert und nach nicht mal fünfzehn
Minuten später finden wir uns bereits auf
der Tanzfläche wieder. Die reservierten

Plätze am Tresen brauchen wir eigentlich gar nicht. Als wir kurz vor Mitternacht los müssen, bedauern wir dies zutiefst.
Wieder ein wunderschöner Tag und Abend. Mit bezaubernden Frauen, Wunderbar.
Danke, ich lebe!
Im Zimmer erwartet mich noch eine Überraschung.
Insgesamt zehn SMSsen von Arbeitskollegen. Sie alle bedanken sich für einen Ausflug, den ich organisiert habe. Also angefangen hat das Ganze bereits im Herbst letzten Jahres. Wir machen im kleinen Kollegenkreis ungefähr ein bis zweimal im Jahr einen Wanderausflug. Aufgrund guter Kontakte und Ortskenntnis organisiere ich einen Großteil der Veranstaltung. Dieses Jahr war die Wanderung für das heutige Wochenende angesetzt. Wandern und abends schön Wildschwein vom Spieß.
Obwohl es mir in der letzten Zeit nicht ganz so gut ging, habe ich diese Veranstaltung weiter betreut. Selbst die letzten Korrekturen an den Zimmern am Donnerstag, also dem Anreisetag, habe ich, von der Klinik aus, gesteuert. Dafür erhalte ich nun den Dank. Gute zwei Drittel der Teilnehmer haben meine private Handynummer und bedanken sich den ganzen Abend über, für dieses schöne Wochenende. Das tut verdammt gut. Es lohnt sich also immer noch, sich zu engagieren.

Sonntag. Still ruht der See.
Nach den Tanz – Exzessen der letzten Tage
ist auch etwas Ruhe nötig.
Das Zimmer muß auch aufgeräumt werden.
Am Dienstag ist Chefarzt – Visite! Das
heißt, der Chefarzt besucht einen im
Zimmer!
Der Blog will auch mal wieder gefüllt
werden, und, und, und! Was der Abend
bringt? Mal sehen, – wird schon.
Tja, manchmal lohnt es sich, sich einfach
treiben zu lassen.
Der Abend bringt mir nochmal meine
„personal Therapeutin". Wir haben eine
schöne, lange, „Therapiesitzung". Wir
reden über ihre Ehe und ihr Leben
unmittelbar vor der Reha. Es ist
unglaublich, was sie erzählt. Es stimmt
nachdenklich. Zeitgleich bekommt man
Lust auf sie. Wenn sie über ihre Gefühle
spricht. Über ihre Wünsche. Über ihre
Sehnsüchte. So könnten die Abende immer
aussehen! – Von mir aus!
Na gut, es dürfte auch etwas anfassen dabei
sein.
Ich weiß, ich denke immer nur an das Eine,
aber bei *der* Frau…

Die sechste Woche

Am nächsten Tag steht wieder einmal
Singen auf dem Programm.
Meine „personal Therapeutin" hat mir dies
ja schon letzte Woche verordnet. Das ist
eine ungemein harte Therapie. (Vor allem
für die anderen.) Dementsprechend groß
war meine Angst davor. Ich will ja keinen
verletzen. Und was passiert?
Elaine, meine Tanzfee, erhört mich und lädt
mich zum Shoppen und Essen ein. Sie hat
heute ihren letzten Tag hier.
Schade.
Nachmittags, gleich nach der letzten
Therapie, ziehen wir schnell los in die
Stadt.
Schuhe und Geschenke für ihre Familie und
noch viele andere Sachen kauft sie mit
meiner Hilfe ein. Danach geht es lecker
essen und endlos, das heißt hier werktags
bis dreiundzwanzig Uhr, quatschen. Was
ein toller Abend. Leider ist es ein Abschied.
Ich hoffe, man sieht sich wieder.
Ich hoffe auch, meine „personal
Therapeutin" nimmt mir den Korb nicht
übel.

Tag 36 Was ist das für ein Tag!
Elaine fährt heute nach Hause. Sie verlässt
mich! Unglaublich.
Ich weiß gar nicht wie es weitergehen soll.
Schließlich geht nicht nur sie. Auch Svenja,
eine der Vortänzerinnen beim Zumba /
Salsa reist ab. Es wird langsam dünn. Wer
kümmert sich hier um mich?

Völlig krank vor Kummer muß ich die Lehrküche abbrechen (nein nicht in der Lehrküche) und mich spontan hinlegen. Kurz bevor ich total verzweifele, treffe ich meine „persönliche Therapeutin". Sie schlägt eine kombinierte Sport – Gesprächstherapie in einer Gruppe vor. Das ist doch mal was. Und plötzlich ist mir das Glück wieder hold. Der sportliche und der Gruppenteil fallen aus und ich sitze mit ihr abends schön beim Wein in einem kleinen Weinstübchen und kann ihr mein Herz ausschütten. Ich erzähle von Hermine. Mal richtig ausführlich. Das tat gut. Dafür möchte ich Ihr danken.

Mein letzter Mittwoch. Meine letzte Woche! Und was für eine Nacht.
zwei Stunden habe ich geschlafen, den Rest wach gelegen.
Der einzige Lichtblick, nach so einer Nacht, ist die Trainingsstunde mit meiner „persönlichen Therapeutin". Wir haben eine Nordic Walking – Stunde zusammen. Schön durch die Natur laufen, nett quatschen und dabei noch abnehmen. Das lässt mich Elaine fast vergessen.
Kaum bin ich wieder hier, liegt schon die erste SMS von Elaine auf dem Tisch. Sehnsucht? Das tut mir gut. Natürlich bedauere ich, daß es ihr nicht so gut geht. Da meine „persönliche Therapeutin" sich heute gegen die Afterwork – Party im Arabesk ausgesprochen hat, müssen wir in der Klinik tanzen. Schließlich ist morgen

die Abschluss – Untersuchung. Da muß ich
noch ein paar Gramm abtrainieren. Netty
überwacht das genau und tanzt prima vor.
Das ist schon ein Bild für die Götter, wenn
sie vor mir tanzt. Dieser trainierte Körper
und der geile, knackige Po. Lecker! Durch
das anstrengende Tanzen, kann man hier
glücklicherweise nicht sabbern.
Nun sitze ich völlig geschafft im Zimmer
und gönne mir erst mal ein Bier. Soviel
Streß, da muß das sein.
Und morgen geht's wieder Schwimmen.
Mit meinen neuen Badenixen. Da macht
das Schwimmen (und das Leben) doch
wieder etwas Spaß!

Tag 38, ich zähle die Tage. Aber nur, weil
ich mich auch bald von Netty trennen muß,
nicht weil ich das Ende herbei sehne!
Hier gab es heute einen neuen Bahnrekord
beim Schwimmen. Achtundzwanzig
Bahnen in fünfundzwanzig Minuten habe
ich geschafft. Und das mit zwei Blei –
Enten auf der Bahn (Frischlingen). Also
eigentlich wären auch dreißig Bahnen drin
gewesen. Das ist meine persönliche
Bestzeit. Nach dem Zumba morgen werde
ich sie wohl nicht mehr überbieten können.
Heute Abend verkneife ich mir dann noch
das Abendbrot. Endlich geht es mal wieder
normal essen. Was ist das für ein Genuss.
Nein, natürlich nicht alleine. Mit wem? Ja,
mit *ihr*!

Tag 39, der letzte Freitag. Was ist das
wieder ein Tag!
Nach einer schlechten Nacht, lösen sich die
grauen Wolken, am Morgen, schnell wieder
auf und der Tag verspricht ein schöner zu
werden. Mit Anwendungen wie Bier holen
und Massage ist das natürlich nicht schwer.
Der Rest ist recht ruhig. Bis vierzehn Uhr.
Dann startet wieder der Zumba – Kurs.
Eine Stunde fünfzehn Minuten full Power
tanzen und schwitzen. Nach dem Kurs ist
Schwimmen angesagt. Zirka
fünfundzwanzig Minuten. Ich habe wieder
achtundzwanzig Bahnen geschafft. Fühlt
sich das gut an! Anschließend schnell raus
aus dem Wasser und ab zu den letzten
zwanzig Minuten Salsa.
Dann muß ich mich erst mal frisch machen.
Abendbrot ist angesagt. Kurz nach
neunzehn Uhr dreißig treffe ich mich mit
meiner „personal Therapeutin" und dann
geht's zur letzten und härtesten Sitzung des
Tages. Dreieinhalb Stunden tanzen im
Arabesk. Diesmal werden auch die engen
Tänze nicht ausgelassen. Insgesamt habe
ich mich wohl halbwegs gut geschlagen,
bin jetzt aber dafür total fertig.
Und in sieben Stunden (um acht) werde ich
beim nächsten Zumba – Kurs erwartet! Das
wird eine verdammt kurze Nacht. Irgendwie
bin ich auch ein bisschen bekloppt, oder?
So einen Streß tut man sich doch nicht
freiwillig an.

Tag 40,
Erst gegen ein Uhr war ich im Bett. Nun bin
ich um sieben Uhr schon wieder beim
Frühstück. Ja es ist Samstag. Das heißt, der
Kalender ist voll. Halb acht müssen die
Briefe von den Kindern zum Briefkasten.
Langsam macht sich bei der einen oder
anderen Dame, in meinem Umfeld,
Kummer breit. In den letzten Tagen reisen
immer mehr bekannte Gesichter ab und die
Zurückgebliebenen fühlen sich verlassen.
Um die Trübsal etwas zu lockern, verteile
ich früh, vor dem Sport um acht Uhr dann
auch noch Aus –dem – Betthupferl. Na klar,
das bringt mir dann gleich wieder fette
Sympathiepunkte von allen Seiten.
Doch nun geht's los.
Einmal Zumba, nochmal Zumba und dann
noch Salsa, das war heute hart. Aber was
uns nicht umbringt macht uns härter!
Gleich danach gehe ich die Schüssel
Anstaltssuppe holen. Dann dusche ich und
mache Mittagsschlaf. Es dauert nicht lange
und meine „personal Therapeutin" ordnet
eine Stunde Schwimmen an.
Zur Entspannung. Ich entkomme ihr
diesmal nicht. Wir sind eine Stunde alleine
im Bad! Wie soll Mann sich mit so einer
scharfen Frau entspannen, wenn Mann sie
nicht anfassen darf? Naja, dann kommen
noch andere ins Bad. So wird es ruhiger.
Allerdings kündigt sie sich abends
kurzfristig nochmal zur „Therapie" im
Zimmer an. Im letzten Moment schaffe ich
es, das Zimmer herzurichten. Ich wäre zwar

gerne nochmal mit ihr tanzen gegangen. Sie wollte aber nicht. Den ganzen Abend zu quatschen, bei einem schönen Weinchen, ist aber auch ganz gut. Denn wir landen wieder bei ihren Sehnsüchten. Wie gerne hätte ich sie ihr erfüllt...
Was ein Weib!

Tag 41 Schon wieder ein wunderschöner Tag.
Er beginnt wie jeder Sonntag. Mit einem Brunch und einem guten Plan. Heute will ich bereits die ersten Sachen einpacken. Ich fahre ja am Dienstag nach Hause. (Leider).
Schön vollgefressen, bin ich nach mehreren Stunden, so satt und vom Tanzen gestern so kaputt, daß ich mich gleich nochmal ins Bett verkrümele.
Doch nur dreißig Minuten. Dann klingelt das Telefon. Meine „persönliche Therapeutin" ist am Apparat. Sie will den „Therapieplan" für heute besprechen. Ich habe Glück und darf noch Mittagessen.
Nach dem Mittag kommt dann doch erstmal ein Schläfchen – ich bin in der Reha! Kaum sind die Augen zu (gefühlt), klingelt das Telefon. So ein Mist, die „personal Therapeutin". Jetzt wird's ernst!
Raustreten! Zum Kaffee trinken! Och nö! Bei Regen. Was muß ich leiden!
Ich komme auf Haus 1 zu, wo sie wohnt. Sie tritt aus dem Haus und die Wolken sind weg und die Sonne kommt raus. Ist das Zufall???
Also schnell ab in ein wunderbares

Kaffeehaus und dort beginnt das „große
Fressen". Ich schaffe es nicht mehr einen
Apfelstrudel zu essen! Das ist mir eine zu
große Portion. Was für Schäden solch eine
Reha anrichtet! Egal, es war toll. Lecker
Kuchen, lecker Kaffee, lecker
„Therapeutin".
Das Wetter ist nun besser und wir machen
einen riesigen Spaziergang. Leider müssen
wir ihn für das Abendbrot unterbrechen. Ich
bin aber so satt, daß ich gar nichts essen
kann. Ich trinke ein paar Anstalts – Tee und
unterhalte die Tischnachbarn. Dann gehe
ich hoch und packe ein paar Minuten meine
Sachen.
Und dann kommt per Telefon schon der
nächste Marschbefehl. Apfelstrudel
"abschwimmen"!
Ok, Minuten später ziehe ich mit meiner
„personal Therapeutin" die Bahnen durch
das Schwimmbecken. Nach einer halben
Stunde ist es glücklicherweise so voll, daß
ich aufhören muß.
Darf.
Ich werde gelobt für meinen Einsatz und
darf nun endlich zum Koffer packen auf
mein Zimmer.
Was ein Tag. Danke.

Die letzten Tage

Tag 42, Montag. Ein wunderschöner, aber trauriger Tag.

Es ist der letzte volle Tag. Ich habe noch ein paar Anwendungen. Zwischendurch heißt es immer wieder Koffer packen. Das Fahrrad ist schon verstaut. Das Wetter wird immer besser. So schlendere ich heute lustig durch den Tag.

Das (traurige) Highlight kommt erst um sechzehn Uhr.

Ich treffe mich mit meiner "personal Therapeutin" und wir gehen shoppen. Nachdem dies erfolglos beendet ist, suchen wir uns ein schönes Lokal um eine letzte "Sitzung" vor meiner Abreise zu haben.

Danach geht es noch auf einen Wein woanders hin.

Wie immer ist es wunderschön, mit so einer tollen Frau unterwegs zu sein. Und obwohl wir uns morgen noch sehen werden, bedaure ich bereits jetzt, daß die "Therapie" morgen beendet sein wird.

Danke Netty.

Danke für diese wunderbare Zeit, die mich aus der Lethargie der letzten Jahre riss. Dieser schönen Zeit, die mich aus der Gruft, die ich Leben nannte, holte. Am liebsten würde ich Dich ganz doll drücken und herzen, aber Deine Ringe am Finger hindern mich. Ich wünschte, wir würden uns wiedersehen.

Ich wünschte, WIR hätten eine Zukunft.

Start in ein neues Leben?

Die Reha ist zu Ende.
Oh Mann, was für eine Nacht! Nein, nicht
so!
Aufregung, schwitzen, nicht schlafen
können, Schmerzen im Fuß. Bereits um
fünf Uhr stehe ich auf. Es regnet in
Strömen. Ein Omen?
Heute heißt es, Abschied nehmen in
Berluga – Land. Doch diesmal ist es anders.
Diesmal gehe, oder besser fahre, ich.
Diesmal muss ich mich trennen. Von doch
etlichen, die ich liebgewonnen habe. Ich
stelle alles zusammen. Belade den Wagen
und will ihn umparken.
Scheiße, er springt nicht an.
Ich glaube ich soll bleiben!!! Es ist aber
keine Zeit, darüber nach zu denken.
Ich muß erst mal schnell wieder ins Haus
und die Tische mit den Abschiedsversüßern
für die Anderen eindecken.
Danach leite ich telefonisch Andy und einen
anderen Kollegen um, die gerade nach
Holland fahren. Sie kommen gerne, um mir
zu helfen. Wenigstens das klappt noch.
Bald darauf ist Frühstück und es gibt die
üblichen Abschiedsrituale. Viele Hände –
schütteln und viele "Tränen".
Dann steht sie plötzlich im Raum. Mit Ihr
gibt es den ersten Lichtblick an diesem
grauen Tag. Meine "personal Therapeutin"
gibt sich, in edelstem Zwirn, die Ehre. Was
für ein schöner Abschied. Die schönste
Unterbrechung, die es beim Frühstück gibt.

Nach einem "viel zu kurzen Moment" des Abschieds von ihr, tauchen meine Kollegen auf. Was ein beschissenes Timing!
Wenige Minuten später ist das Auto wieder fahrbereit und ich muß mich schweren Herzens auf den Weg nach Hause machen.
Wenn der Motor ausgeht, fährt der Wagen nicht mehr los. Also nicht lange fackeln.
Rein in die Karre und los.
Los, mit flauem Gefühl im Magen.
Was erwartet mich wohl zu Hause? Was erwartet mich in der Firma?
Und wie wird diese neue Zeit? Jetzt ohne Netty?
Vier große Fragen und über 500km Zeit zum Denken. Das ist richtig Scheiße!
Naja, glücklicherweise, oder soll ich sagen leider, gibt es Hermine.
Sie holt mich ca. 150km vor der Ankunft wieder auf den Boden der Tatsachen zurück. Per Telefon gibt es den ersten Auftrag.
Für mich sind quasi keine Lebensmittel da, aber ich kann ja noch was kaufen und Nicci, die Jüngere, kann ich auch gleich aus der Kita abholen.
Na gut, ich bin ja nett.
Zu nett!
Also gehe ich einkaufen. Ist ja doch recht praktisch. Schließlich fehlen mir für den vielen Sport, den ich nun machen will, noch die passenden Klamotten. Das kann ich also gleich mit erledigen.
Nicci freut sich riesig, als sie mich sieht. Zu Hause, als Leni kommt, das Gleiche. Mir

stehen die Tränen in den Augen. So deutlich
habe ich die Zuneigung der Beiden noch nie
gespürt.
Aber es gibt ja noch Hermine. Sie toppt die
Szenerie mit absoluter Gleichgültigkeit. Als
wäre ich heute früh im Streit zur Arbeit
gefahren, ich bin platt. Dieses Verhalten
bleibt bis in den Abend. Keine oder absolut
absurde Kommunikation, genau wie vor der
Reha!
Ich hatte es befürchtet, aber gehofft hatte
ich Anderes.

Naja, neuer Tag neues Glück?
Heute reist auch meine „personal
Therapeutin" in der Reha ab.
Ach, Ich vermisse sie schon jetzt. Diese
wunderbaren Gespräche, die schönen
Spaziergänge, die Tanzeinlagen und die
gesamte wunderbare Frau. Sie hat
bewundernswerte Stärke bewiesen und bei
meiner Abreise Ihre Tränen unterdrückt. –
Naja das rede ich mir bestimmt nur ein.
Außerdem hat sie eine klare, Entscheidung
getroffen, die sicher nicht leicht war. Aber
am letzten Tag war sie so weit. Toll!
Jedenfalls spiele ich damit in ihren Leben
keine Rolle mehr. Schade, aber wenn ich
das mit ihren Augen sehe, ist das schön. Sie
hat etwas mitgenommen aus der Reha und
will ihr Leben jetzt in Ordnung bringen.
Genau dafür ist so eine Reha ja da.
Gerne hätte ich die Strecke von gestern mit
ihr zusammen zurückgelegt. Aber sie wollte
nicht. Es war ihr wohl zu heiß. Aber das ist

OK. Ich bin nicht der Typ, der vorsätzlich Beziehungen zerstört.
Aber bei ihr könnte Mann eine Ausnahme riskieren. Sie ist eine Ausnahme(Frau)! Ich würde gerne wissen, wie es ihr jetzt geht.
Das sind aber nur die Gedanken zwischendurch. Mein Hauptjob ist gleich früh die Kinder in Schule und Kita zu bringen. Danach geht's erst mal zur Psychiaterin.
Die Ärztin ist begeistert von meiner Form, redet mir aber auch gleich ins Gewissen.
Die Trennung muß jetzt kommen.
„Sich selbst retten, bevor man andere retten kann." sagt sie. – Viel Spaß beim Umsetzen! denke ich.
Nachmittags gönne ich mir etwas Ruhe.
Schließlich fehlt mir die Ruhe aus der Reha. Und da meine „personal Therapeutin" nicht mehr da ist, auch eine sinnvolle Beschäftigung.
Na gut, die lässt dann doch nicht lange auf sich warten. Um neunzehn Uhr ist Elternversammlung in der Schule.
Als lange abwesender Elternsprecher bin ich heute der Stargast. Der Empfang ist, wie überall, abgesehen von Hermine, herzlich.
Ich kann gleich mal das Protokoll übernehmen. Aber das ist kein Problem, ich bin ja noch mit der zweiten Elternsprecherin beim Griechen verabredet.
Also schnell die Versammlung rum kriegen und dann kommt der angenehme Teil des Abends.
Kaum sind wir da und haben bestellt,

meldet sich ihr Mann. Ihre Kleine schreit
und verlangt nach Mama. Scheiße!
Vielleicht sollte ich die Finger von den
verheirateten Frauen lassen?
Obwohl, die sind irgendwie interessanter.
Egal wie, sie fährt los, ich speise alleine.
Wieder zu Hause lasse ich mir, mit einem
Tullamore und einer Pfeife den Abend
durch den Kopf gehen. Toller Abend – mit
kleinen Hindernissen.

Tag 3 nach der Reha und es ist mittlerweile
mal wieder Donnerstag.
Donnerstag, wie vor 5 Monaten.
Als ich auf dem Schulhof stand und mich
fragte, was das alles soll.
Der Terminplan für heute sieht ja ähnlich
voll aus!
Als erstes kommen die Kinder in die Schule
und Kita. Dann geht's schnell nach Hause,
frühstücken. Außerdem muß ich fix noch
die Koch – Accessoires zusammenstellen.
Um neun Uhr beginnt Papa's Bastelstunde
in der Kita: "Wie bauen wir uns einen Käse
– Wurst – Salat". Klingt komisch? Nun die
Erzieherinnen haben zwar mein Rezept,
aber sie schaffen es nicht, es nach zu
kochen.
Also baue ich mir die 2,5 kg Salat, die ich
morgen in der Firma brauche.
Die Kinder machen mit den Erzieherinnen
einen extra Salat, unter meiner Anleitung.
Den bekommen die Kinder am Nachmittag
zur Vesper und die Erzieherinnen können
dann den Rest mitnehmen. Nach knapp

einer Stunde ist alles fertig. Die Fingerchen
sind alle noch dran und den Erzieherinnen
schmeckts schon!
Für mich geht's nach Hause. Aufhübschen.
Ich habe nämlich noch ein Date!
Allerdings wartet vorher noch ein anderer
Termin. Und was für einer!
Um meine eigene Schwäche wissend, habe
ich bereits, noch in der Reha, einen
Anwaltstermin vereinbart.
Doch davor geht's erst mal zum Griechen
von gestern.
Aber diesmal mit Hermine. Während des
Mittags, das diesmal in sehr entspannter
Atmosphäre verläuft, unterhalten wir uns
über Fragen der Trennung.
Zwei Uhr nahmittags geht's weiter zum
Anwalt. Der darf uns diese Fragen dann mal
beantworten. Mich hat es nicht unbedingt
überrascht. Hermine ist über ihre
Aussichten doch etwas schockiert. Sie
träumt zu viel. Auf den Schreck darf ich
mal schnell einen Kaffee ausgeben. Dann
werden die Kinder aus der Schule und der
Kita geholt. Ich darf die ganze Truppe dann
auch noch nach Hause bringen.
Aber jetzt heißt es, in die neuen Designer –
Latschen springen, das Sportzeug greifen
und der schöne Teil des Tages kann
kommen.
Ich bekomme noch ein bisschen Nachhilfe.
Bei meiner „personal Therapeutin"!!! Ja!!
Was ist das geil!
Der Empfang durch sie ist so, wie man ihn
sich zu Hause vorgestellt hätte.

Nein, er ist viel besser.
Eine innige Umarmung, bei der nur noch
ein Kuss fehlt. Mann, das fühlt sich gut an.
Die ganze Frau fühlt sich gut an. Scheiße,
ich schweife ab, aber ihren Körper so dicht
zu spüren, sie im Arm zu haben, ist schon
ein wenig gefährlich.
Und geil.
Extrem geil.
Es ist genauso schön wie im Berluga –
Land. Wir gehen in den Berg – Hallen, wo
wir uns treffen, einkaufen. Dann bummeln
wir bei dem herrlichen Sommerwetter
schön am nahegelegenen Wasser entlang.
Zur Abkühlung gibt's noch ein Eischen.
Dann müssen wir weiter. Wir sollen
versuchen das Zumba – Salsa – Wissen zu
vermitteln. Das kann ja was werden!
Nach einer Stunde stümperhafter Versuche
(meinerseits) verlasse ich die Damen von
Netty's Tanzverein und fahre nach Hause.
Was ein geiler Abend. Was drei Stunden am
Tag so ausmachen können! Ich fühle mich
so unglaublich gut!!!
Der Abend verläuft dann relativ ruhig. Nur
Hermines Fragen werden intensiver. Da hat
wohl jemand Angst, daß er ausziehen muß.

Ausgerechnet heute, an einem Freitag, rückt
die Arbeit näher. Es wird heute bestimmt
Hardcore!
Und wieder gibt es Parallelen zu vor fünf
Monaten. Auch heute gibt es einen Brunch.
Aber erstmal stehe ich um vier Uhr dreißig
(in Worten: 4:30!!!) auf und fahre zur

Firma. Wie früher.

Es zieht mich förmlich in Richtung Osten und ich habe zu tun, nicht zu Netty abzubiegen. Es kann doch kein Zufall sein, daß die Sonne im Osten, wo sie wohnt, so schön aufgeht!

Außerdem beflügelt mich die Erinnerung an den gestrigen Abend so sehr, daß ich Mühe habe, nicht alle Tiere im Wald unterwegs umzunieten!

Um sechs parke ich auf meinem Parkplatz in der Tiefgarage ein. Als Erstes muß ich schnell in die Personalabteilung. Die Reha–Unterlagen abgeben.

Dann geht's zu Otto und Kollegen, die sich um diese Zeit bereits zahlreich um die Kaffeemaschine scharen. Klönen und Blödsinn quatschen, wie eh und je. Ach was ist das schön. Kurze sachliche Gespräche dazwischen. Entspannung pur!

Gegen neun Uhr ist das leider erstmal vorbei.

Ich muß in den Konferenzraum, die „Geburtstags – Danke – schön – Lage" aufbauen. Man hatte mich doch kurz vor der Reha, einen Tag vor meinem Geburtstag, extra in die Firma bestellt, um mir noch ein kleines Geschenk und einen riesigen Blumenstrauß zu überreichen. Darauf war ich ja damals gar nicht vorbereitet. Somit stehe noch in der Schuld.

Mein eigentliches Team betritt den Raum und alle sind baff.

Den Typen haben sie schon gesehen. Aber so schlank. So gut gelaunt. So entspannt.

Und was soll das Essen? Frischer Kaffee?
(Der Sekretärin sei Dank, duftet er ihnen
entgegen.)
Was ist das für herzliches Willkommen. Wir
freuen uns gegenseitig, uns zu sehen. Das
der Chef später zwischendurch vor sich hin
schwafelt ist nicht so schlimm. Wir sind
eine tolerante Truppe und lassen ihn reden.
Für mich ist diese Teamrunde ein guter
Wiedereinstieg, um mal wieder auf den
Stand zu kommen, was gerade in der Firma
abgeht.
Nur meine „personal Therapeutin" bringt
mich ins Schwitzen. Sie schreibt mir nette
Nachrichten, allerdings bemerken einige
mein Amüsement beim Lesen und
Antworten. Das gibt gleich wieder
vielsagende Blicke. Aber für den Spaß
nehme ich das gerne in Kauf.
Kaum ist das Meeting zu Ende, geht's zum
Brunch mit Otto & friends.
OK, kurz vorher muß ich noch mal zu den
Mädels vom Sekretariat. Hui was haben die
sich gefreut. Und ganz ehrlich, ich mich
auch.
Dann, ab zur Brunch – Runde. Jenem
monatlichen Ritual zum Mittag, welches
quasi auch mein letzter Auftritt hier vor
fünf Monaten war. Auch hier gibt es ein
herzliches Willkommen durch die, die mich
früh noch nicht gesehen haben. Es folgt ein
leckeres Mahl.
Die Anderen in der Klinik haben immer
Angst gehabt, daß man ihnen in der Firma
dann nur blöde Fragen stellt. Das ist bei mir

glücklicherweise nicht der Fall. Alle sind
sehr interessiert und sehr offen. Sie freuen
sich ehrlich, daß ich wieder da bin und
geben sich sofort größte Mühe, mich wieder
zu integrieren. Es sind wunderbare
Menschen mit denen ich es hier zu tun
habe. Was für eine beruhigende Erkenntnis.
Und das gilt auch für die Chefs.
Um dreizehn Uhr ist auch dieses „große
Fressen" vorbei. Endlich! Ich weiß schon
gar nicht mehr wohin mit den Leckereien.
Doch nun kann ich Einkaufen fahren.
Wochenend – Einkauf vor einem langen
Wochenende im SeenCenter. Das mag ich
überhaupt nicht. Unzählige Menschen die
sinnlos durch die Gänge irren und mir im
Weg stehen.
Vorher hat Hermine mir mal wieder ein
Meisterstück gezeigt. Ich hatte um den
Einkaufszettel per Mail gebeten. Sie hat ihn
mir geschickt. An meine private Mail –
Adresse.
NACH HAUSE!!!!!
Also muß ich nochmal anrufen: „Ach Du
bist in der Firma?"!!!!!!!
„Ja bin ich. Deswegen bist Du alleine zu
Hause!!!"
Um halb vier am Nachmittag bin *ich*
endlich zu Hause. Und ich habe noch nicht
mal die Getränke! Da muß ich wohl
nochmal ran, es soll heiß werden am
Wochenende. Keine Angst, nur das Wetter.
Danach bin ich breit. Vom gesamten
Pensum her, war dies ein normaler
Arbeitstag. Und ich bin sowas von durch

den Wind. Hoffentlich bessert sich da noch was…!

Abends stricke ich noch das gesamte Tagebuch um. Einige nehmen nicht mehr daran teil und für Netty und Elaine erstelle ich ein neues. Spät abends reicht's.

Das ist aber nicht so schlimm. Die Reha lag günstig, so daß mir in den folgenden Wochen viele Feier - und Brückentage ins Haus stehen.

Das erste, lange, Wochenende nach der Reha beginnt aber ganz anders, als man es sich wünscht.

Drei Uhr drei, ich schlafe. Das heißt bis eben *habe* ich geschlafen!

Es knallte eben gläsern. Ungefähr aus der Küche. Es gibt zwei Möglichkeiten, die Katze oder eines der Kinder hat ein Glas entschärft und steht jetzt ohne Latschen in den Scherben. Also springe ich wie die Feuerwehr raus aus dem Bett und in die Küche.

Glas kaputt, ja. Katze betroffen, nein. Ein Kind betroffen, nein.

Aber beide Kinder hocken am Tisch und haben schon das Bastelzeug ausgepackt.

Es ist drei Uhr drei – in Worten: 3:03!!! Nachts!!!

Also auffegen, dann „dürfen" die Kids wieder in die Betten. Wir haben aber alle ein Trauma.

Ich, da ich nur drei Stunden geschlafen habe. Die Kinder sind traumatisiert, weil Papa plötzlich nackt und wie ein HB –

Männchen in der Küche rumspringt.
Wahrscheinlich deshalb, fragen sie mich
nun im halb – Stunden – Rhythmus, ob sie
jetzt aufstehen oder Fernseh gucken dürfen.
Ab sechs Uhr sind sie dann endlich ruhig.
Nun ist's ja gleich sieben. Dann kann ich
auch endlich aufstehen und zum Bäcker
fahren. Wie schön kann doch ein Samstag –
Morgen sein!
Kurz vor acht Uhr bin ich wieder zu Hause.
Ich bereite den Frühstückstisch vor und
warte auf jemanden. Da keiner kommt gehe
ich zum Rechner und erlebe eine große
Überraschung.
Nette Grüße von einer sehr netten, jungen
Dame!
Netty, Du kannst auch nicht schlafen? Wie
süß ist denn der Teddy mit der Blume! Das
ist doch mal ein Start in den Tag. Da
antworte ich mal gleich ganz verwegen.
Anschließend stärke ich mich bei einem
Frühstück. Gegen neun erwartet mich der
Garten.
So mein Freund, Pause war gestern, heute
fliegt hier die Kuh! Der Rasenmäher wird
scharf gemacht und dann geht's los. Nein!
Nicht einfach Rasen mähen. Es geht ins
Spargelbeet!
Da das Gras dort, noch aus dem letzten
Jahr, fast knietief ist, muß mein
motorisierter Freund mit.
Als erstes wird nochmal kontrolliert, ob
irgendwelche Markierungen im Boden
stecken. Und siehe da, der erste Spargel
reckt sich schon verwegen der Sonne

entgegen.

Schnipp – Schnapp und Helene darf ihn in die Küche bringen. Dann geht's los.

Vier Stunden Rasen, in unterschiedlichen Höhenstufen, mähen, bis ich ganz unten bin.

Dann heißt es ab an den Grill! Heute ist angrillen angesagt.

Nein, nein lieber Leser. Grillen für die Anderen. Für Papa gibt es im Reha– Style weiter, na, na? Richtig, – Samstag, also Suppe!

Ok, Spargelsuppe von Hermine, aber eben Suppe. Kein fettes Fleisch, keine Bratwurst.

Nach dem kurzen kulinarischen Intermezzo geht es mit der großen Harke bewaffnet zum Spargel. Dieser will noch frei geharkt werden. Also tun wir, besser ich, ihm die Freude.

Gleich danach gibt es die nächste Baustelle. Die Wasserleitung im Garten will repariert werden. Das ist ja OK. Aber leider will sie mir nicht helfen. Ich kriege sie einfach nicht dicht. Nach 2 Stunden gebe ich auf und versuche es mit Silikon. Mal sehen, vielleicht hilft das.

Gegen fünfzehn Uhr gibt's Kaffee.

Naja das heißt, sollte es geben. In Wirklichkeit kam Hermine ein Telefonat mit einem heißen Date dazwischen und ich saß alleine da. Na ja, irgendwann kommt doch jemand und entschuldigt sich sogar.

Da gibt es dann von mir ein paar Worte zum Thema. Nicht schön, aber klar.

Es ist einfach nervend, wenn das Telefon

klingelt und man dann quasi vergessen wird, mitten im Gespräch. Wie ein Idiot stehen gelassen wird. Aber das kann Hermine gut.

Wir räumen zusammen etwas im Garten auf und dann verschwinde ich in die Wanne. Ich habe den halben Garten abzuspülen. Ach baden ist echt schön. Das Baden hat mir schon vor der Reha unheimlich viel geholfen, wieder zu Kräften zu kommen. Und es ist eine der wenigen Sachen, die ich wirklich in der Reha vermisst habe. Dort gab es nur eine Dusche.

Nach einem Dreiviertel Stündchen bin ich sauber. Ich steige aus der Wanne und bin gerade trocken und wer meldet sich? Netty. Sie will unbedingt wenigstens per SMS bei mir sein. Na tun wir ihr doch den Gefallen.

In der Küche gibt's dann, als krönenden Abschluss, noch einen Liter Caipi – alkoholfrei, wie immer! – für mich, leeecccckkkker!!!!! Manchmal hat Hermine doch tolle Ideen. Leider zu selten. Oder will sie was gutmachen?

Gleich danach schläft Papa beim Mensch – Ärger – Dich – nicht spielen ein.

Später, als der Rest der Kaputten hier schon im Bett, oder am Telefon ist, bin ich dafür wieder fit.

So kann ich mit Netty SMSsen und ganz langsam mal wieder einen Whiskey genießen. Wie habe ich das vermisst!

Mehr fehlt mir nur noch guter Sex mit einer geilen Frau. Der Whiskey bringt mir wenigstens die Phantasie wieder.

Der nächste Tag beginnt ruhiger. Die lieben Kleinen haben sich von alleine verzogen, so kann ich bis sieben Uhr dreißig schlafen. Dann ist Zeit für ein kurzes, entspanntes Frühstück. Nun heize ich noch schnell den Ofen fürs Baden an und schon bin ich fertig für den Außeneinsatz. Heute ist der Rasen im Obst – und Gemüsegarten fällig.

Wie EIN Mann treten mein Rasenmäher und ich an. Nach vier Stunden steht kein Halm mehr auf dem anderen.

Manchmal muß ein Mann tun, was ein Mann tun muß!

Mit gutem Gefühl, werfe ich den Grill an und bereite das Mittag. Den ersten Spargel dieser Saison aus eigenem Anbau! Lecker. Mittlerweile ist die Sonne weg, es wird kühl. Also mache ich einen Mittagsschlaf. Das heißt den würde ich machen, wenn die Damen mich in Ruhe ließen. Es sind aber nicht nur „meine" drei Damen.

Aber mal unter uns, es gibt Störungen, über die habe ich mich in Berluga – Land schon gefreut, stimmt's Netty? Leider sind ihre nur virtuell, also per SMS.

Nach dem Kaffee schaue ich nochmal zur Wasserleitung im Garten, die immer noch nicht will. OK, morgen, machen wir hier Nägel mit Köppen, da hat der Baumarkt auf!!!

Doch nun geht's erst mal baden, schließlich hat sich beim Rasenmähen wieder, gefühlt, der halbe Garten auf mir abgelegt.

Als nächstes baut Papa sich einen

griechischen Bauernsalat für den Abend.
Dann werden die Kinder durchs Wasser ins
Bett gejagt und endlich, gibt es ein kühles –
ja, aloholfreies, isotonisches,
KALORIENARMes – Bier beim
Abendkrimi.
Was ein Tag! Mit so schönen Ergebnissen.
Soweit das Auge reicht, steht kein Halm
mehr auf dem anderen.
Ach eigentlich, kann man da doch schon
nochmal auf einen Tullamore
umschwenken. Also raus mit der Pfeife.
Den Whiskey eingeschenkt und nochmal
schön die letzten Erinnerungen Netty
genießen.

Und schon wieder ist Montag, aber
glücklicherweise ein Brückentag. Da kann
ich mich noch etwas entspannen.
Trotzdem war das heute ein Tag, nachdem
man weiß, warum man in Berluga – Land
war.
Bereits bevor ich zur Reha abfuhr, wurde
ich zur Aussprache bei meinen Eltern
einbestellt. Heute war der große Tag!
Zuerst bin ich mit den Kindern hingefahren.
Die habe ich abgegeben und bin dann zum
Friseur gegangen. Das war eine gute
Entscheidung. Dort kann ich genauso gut
entspannen, wie beim Baden oder der
Physio. So begann der Tag wenigstens
erfreulich.
Dann bin ich wieder zurück zu meinen
Eltern. Gleich nach dem Mittag ging es los.
Was ist denn der Grund für mein komisches

Verhalten? Und wie lange soll das noch so gehen?

Grundsätzlich haben sie ja nichts falsch gemacht. Wenn man die Wahrheit sagt, tut das halt auch manchmal weh. Gegenüber Hermine hegen sie keine Vorurteile, Ihr Urteil beruht ausschließlich auf ihrem Verhalten. Und überhaupt, wie das hier aussieht. Der Garten, … . Wenn man nach Hilfe fragen würde, würden sie selbstverständlich helfen, natürlich zu Ihren Bedingungen. Hermine hat doch ihre Meinung schon wieder geändert. Und so weiter und so weiter.

Warum ich zur Reha war? Wie es mir geht? Wie es weitergeht? Fehlanzeige.

Meine Mutter hat, als ehemals medizinisches Personal, sehr gut erkannt, das eigentlich drei Wochen Reha für eine kaputte Schulter üblich sind. Sechs Wochen – eine Verlängerung? – Nein. Von Anfang an, die Ärztin hatte acht Wochen befürwortet, nur die Klinik schloss das aus. Keine Frage, was denn der Grund für diese lange, entfernte Kur war, … .

Desinteresse und Ignoranz kennt einen neuen Namen! Aber ich bin ja ihr Liebling und wenn's es Probleme gibt, dann helfen sie sofort und gerne. Ich brauche bloß anrufen.

Ich konnte es nach fünfzehn Minuten echt nicht mehr hören!

Um dreizehn Uhr sind wir endlich losgefahren.

Das Einzige was mich prima ablenkte,

waren die SMSsen mit Netty. – Danke.
Obwohl, sie in den Arm zu nehmen, wäre
heute eine große Hilfe gewesen, ….
Ich weiß Sie hatte eigene Probleme, war
aber erfolgreicher damit umzugehen. Ich
bin stolz auf sie.
Ganz schwer ist der frühe Abend. Ich bin
mit Nicci ins Adium nach Hardorf zum
Schwimmunterricht abkommandiert.
Hardorf liegt schon fast bei Netty. Aber ich
konnte nicht zu ihr fahren, sondern ich
muss eine Stunde im Auto warten. So dicht
dran und doch allein. Naja, was einen nicht
umbringt, macht einen härter.
Völlig gefrustet komme ich also zu Hause
an, wo Mel, unsere beste Freundin, mit
einer kaputten Spielkonsole wartet.
Scheißßße! Manchmal ist es ein Fluch, sich
mit solchen Sachen auszukennen.
Nach der Reparatur will sie noch alles über
meine Eltern wissen, oh Mann!
Nach mehreren Stunden ist dann endlich
Ruhe und bei Bud Spencer, einem gut
temperierten Whiskey und einem
gepflegten Pfeifchen, kann ich diesen
schlimmen Tag ausklingen lassen.
Endlich!
Morgen, wird es hoffentlich ruhiger.
Benebelt vom Rauch und Tullamore bin ich
plötzlich gedanklich in der Reha und frage
mich, wie es wohl mit Netty in meinem
großen Doppelbett gewesen wäre.
Man macht mich das an!

Tag der Arbeit.

Das klingt ja sehr verheißungsvoll!!!

Anfangs zumindest ist es recht ruhig.

So gegen sechs kümmere ich mich mal um die Videos, die mir vom Zumba – Kurs zugespielt wurden. Ich kenne zwar weitläufig jemand, der das vermutlich besser kann. Der hätte aber bestimmt keine Böcke, meine Fratze für seine Frau aus einem Video auszuschneiden. Höchstens für seine Dart – Scheibe.

Egal. Selbst ist der Mann. Weiß ich seit gestern ja wieder. (Meine Eltern muß ich anrufen. – Also gar nicht).

Direkt nach der Bearbeitung gibt's Frühstück. Ruhig und entspannt.

Als erstes wird dann nach dem Frühstück der Spargel kontrolliert. In ein oder zwei Tagen haben wir fünfzehn Stangen. Also gibt's wieder lecker Suppe. Gleichzeitig habe ich das Heu gewendet.

Danach lege ich die alten Zwiebeln, die im Winter Frost bekamen, in Wasser ein, für Zwiebeljauche.

Die Regentonnen warten auch noch. Sie wollen aufgestellt werden.

Dann geht es wieder um das leidige Thema Wasserleitung im Garten. Da baue ich mit Helene bestimmt eine Stunde. Ich verlege Rohre, verschraube, usw. …. Sie schöpft die ganze Zeit das Wasser aus der Baugrube.

Mittag wieder nur Suppe! Allerdings Spargel, von Hermine, das ist schon was anderes als Berluga – Eintopf. Sonst gilt hier weiter Wasser und Brot. Sprich ein Brötchen früh, eine Suppe zum Mittag. Mehr gibt's nicht.

Nach dem Mittag geht's ins Heu. Nein, nicht mit Hermine oder einer anderen Frau. Mit der Heugabel. Erst harke ich alles zusammen und dann bringe ich es in den Schuppen. Es ist Regen angekündigt.

Gut anderthalb Stunden später habe ich gut fünfzehn Schubkarren, doppelt beladen, zum Schuppen gebracht und einsortiert. Knappe 2m³ Heu. Mit dem Sonnenbrand muß ich wohl leben. Auch damit, daß es nicht regnet und der Streß beim Harken dadurch umsonst war, ….

Dann gehe ich jetzt halt rein zum Kaffee!

OK, Korrektur.

Hermine überrascht mich mit einem Liter Caipi. Manchmal ist es richtig nett mit ihr! Aber eben viel zu selten. Habe ich das nicht schon vor ein paar Tagen gedacht???

Mit nett kann Mann aber auch nicht viel anfangen.

Nun ab unter die Dusche, den Garten abspülen. Zugegeben, seit ich das Gefühl habe unter der Dusche beobachtet zu werden – oder warum ruft Netty immer ausgerechnet an wenn ich im Bad bin? – bin ich nicht mehr so unbefangen. Ich versuche ständig meinen Knackpo mit dem Handtuch zu bedecken, aber OK, ich kann damit leben.

Dann fahre ich mit Nicole zum Schwimmen. Leider war der Frühschoppen dort schon zu Ende (der Grill wurde gerade

abgebaut) und die Cafeteria hatte wegen des Feiertages zu. Scheiße!
Also eine Stunde im Auto oder vor dem Haus sitzen und lesen. Echt spannend.
Zumindest wenn ich nicht immer an Netty denken müsste!
Dann fahre ich schnell zurück und stoppe die Zeit. Für Freitag muß noch geklärt werden, wie Nicole nach Hause kommt. Ich geh doch dann zum Zumba! Obwohl, heute hat sie Wasser ins Gesicht bekommen. Sie will jetzt nicht mehr schwimmen!!!! Und das, wo ich morgen verabredet bin!!!!
Weiber! Hilfe!
Mal sehen ob's die Kita richten kann.
Die Kinder fallen heute beide schnell ins Bett. Leider in meines. Ich bin auch bald soweit, muß die Beiden aber noch in Ihre Betten zurückräumen.
Und morgen muß ich um fünf Uhr morgens raus! – Wie soll das gehen???

I'm back again!

Tag 9 nach der Reha.
Nach monatelangem Faulenzen, beginnt
wieder der Ernst des Lebens. Sprich heute
geht die Wiedereingliederung in den Job
los.
Wiedereingliederung? – Das klingt wie
Resozialisierung, wie Knast! Naja, war ja
eine Anstalt.
Das reale Leben in der Firma startet. Ist das
gut so?
Na egal. Aufstehen um vier Uhr dreißig, in
Worten um 4:30!!!
Frühsport. Duschen. Abfahrt. Punkt sechs
Uhr sieben, Ankunft in der Firma.
Es geht gleich richtig Scheiße los.
Ich habe die Schlüssel vergessen! Oh nö,
wie ich das hasse!
Glücklicherweise, hat der wichtigste Raum
– der mit der Kaffeemaschine bei Otto – ein
Codeschloß welches nur mit Sonderzutritt
auf der Zutrittskarte funktioniert.
Und die Karte liegt – glücklicherweise – im
Auto. Also der Kaffee ist gesichert. Da dort
mein „zweites Büro" ist, auch mit
Netzwerkzugriff, kann ich allen
Widrigkeiten zum Trotz, arbeiten. Schwein
gehabt!
Als erstes kommen aber die
wissensdurstigen Kollegen und es wird
wieder gequatscht, geredet und Small Talk
gemacht. Gegen viertel vor Acht habe ich
vom vielen Lachen über die blöden Witze
den ersten Bauchmuskelkater. Mit Netty

habe ich bisher nicht viel vermisst. Jetzt
merke ich, diese bösen, in jeder Form gegen
das Gleichstellungsgesetz verstoßenden
Witze und Bemerkungen, gepaart mit
ernsten Gesprächen haben mir gefehlt. Es
ist hier eher wie ein Stammtisch, als ein
Büro. Aber das braucht Mann auch.
Zu neun Uhr schaffe ich es gerade in das
andere Gebäude, in mein richtiges Büro.
Und prompt taucht mein Chef an meiner
Kaffeemaschine auf.
Der einzige Unterschied zwischen Netty
und meinen Kollegen? Sie sehen wirklich
nicht so gut aus wie sie! Aber sie sind so
lieb und nett zu mir. So entgegenkommend,
man hält es kaum aus. Selbst mein Chef!
Meine erste Aufgabe ist das Aufräumen
meines Arbeitsplatzes.
„Das alte hinter mir (im Papierkorb) lassen.
Platz für Neues schaffen." (O-Ton).
Nun dann mal ran ans Werk, Aufräumen –
meine Lieblingsbeschäftigung!!!
Glücklicherweise gibt es bald ein paar
Mails mit Netty, die das alles auflockern.
Bereits gegen zwölf Uhr geht es schnell
nach Hause. Das nennt sich Hamburger
Modell und fühlt sich richtig Klasse an.
Ich suche einen Blumenladen. Genauer ich
habe einen Stamm – Blumenladen. Er wird
von einer netten jungen Frau geführt, die
viel Verständnis für die Probleme von
Männern mit Blumen hat. Dreimal fahre ich
an ihm vorbei. Dann entdecke ich im
Internet, mittwochs geschlossen!!!
Au weia! Was nun?

Bei uns im Ort versuchen. Alle beiden
Läden sind auch zu! Scheiße!
Es bleibt nichts anderes übrig, als es auf
den Tankstellen auf der Fahrt zum
Schwimmen zu versuchen. Dort gibt es aber
überall nur dunkelrote Rosen.
Naja, ich finde es sind eigentlich schöne
Blumen. Mit Aussage. Aber wie erklärt sie
es ihrem Mann???? Ich entscheide mich
also für die Gänseblümchen vor dem
Tankstellenshop. Dafür wird wenigstens
keiner erschlagen, …!
Knapp dreißig Minuten vor
Schwimmbeginn sitzt Nicci fertig da. Doch
sie will nicht zu den Kindern des anderen
Kurses ins Bad. Papa soll noch eine halbe
Stunde warten.
Ich könnte mir die Hand abbeißen. Ich bin
verabredet. Und es tut mir jede Minute weh,
die ich hier warten muß! Nach zwanzig
Minuten Warten kommen endlich andere
Eltern mit ihren Kindern. Hier kann ich sie
lassen.
Und sofort düse ich ab ins Nachbardorf.
Man was ist das schön, oder was ist sie
schön, oder wie. Die Umarmung im Haus
lässt alles Zittern vergessen! (Nicci wollte
nicht mehr schwimmen fahren!!!) Was fühlt
sich diese Frau wieder gut an. Es fällt mir
schwer, sie wieder los zu lassen.
Eine knappe halbe Stunde, die eine süße
Ewigkeit ist, plaudern Netty und ich auf der
Terrasse eines schönen Hauses beim
Kaffee. Warum um alles in der Welt muß
ich hier eigentlich wieder aufstehen, dieses

Prachtweib verlassen??? Warum kann ich
sie eigentlich nicht gleich hier v…, Nein!
Sie ist verheiratet – Du Schwein!
Aber sie ist so geil!
Doch irgendwann, viel zu zeitig, muß ich
schnell wieder zurück. Die Kleine abholen.
Beim Schwimmkurs haben sie zehn
Minuten später angefangen und nun warte
ich hier zehn Minuten. Was hätte ich
gegeben, wenn ich dies in Netty's Garten
gewusst hätte!!!
Nun fliegen wir schnell zurück nach Hause.
Was ein erster Arbeitstag!
In der Firma kam ich mir schon sehr
komisch vor, muß ich zurückblickend
feststellen. Wie ein Neuer!
Bei Netty fühlte ich mich dafür so wohl.
Viel zu wohl, dafür, daß sie verheiratet ist,
und wir nur Freunde sind. Schon geht die
Phantasie mit mir durch, während ich
Whiskey und Pfeife genieße. Ich streichle
in Gedanken ihre schönen Brüste. Küsse sie
leidenschaftlich und
schlafe dann auf der Couch ein. Schade
eigentlich. War gerade so schön!

Tag 2 auf der Arbeit.
Heute mache ich mal was ganz Verrücktes.
Ich fahre erst Helene in die Schule und von
dort zur Firma. Das Ganze funktioniert
erstaunlich gut. Abgesehen von kleinen
Aussetzern auf Hermines Seite. Sie hat das
wieder nicht verstanden und ändert ständig
alle Absprachen und wundert sich, daß nix
funktioniert.

Egal, ich bring Helene weg. Fast pünktlich
(eine Viertelstunde vorher als gedacht) bin
ich im Büro. Es geht gleich los. Naja, nicht
mit Aufräumen, mit den Mails.
Diese Mails sind sehr schön, viel zu schön
um aufzuhören. Dumm ist nur, Netty ist
schön und klug. Sie bemerkt das Problem
und bricht den Verkehr ab – also den
Mailverkehr!!! – und so muß ich tatsächlich
noch gut dreißig Minuten arbeiten. Sie kann
so hart sein! Na OK, ich bin wegen ihr auch
öfter hart. Nur darf ich ihr das nicht so
sagen.
Ich komme nach Hause. Hier wartet neben
Nicci eine große Überraschung, die sie mir
sofort verkündet. Ein Brief von Elaine ist
da.
Ich habe alle so genervt, daß Nicci dies
sogar gleich Mel erzählt, die später vorbei
kommt.
Nicci und ich fahren wieder zum
Schwimmen. Während ich warte, schreibe
ich gleich die ersten 6 Seiten der Antwort
an Elaine. Sofort, nachdem wir nach Hause
kommen, muß ich in die Kita. Es gibt
Probleme mit den eMails und außerdem
gibt es für uns Elternvertreter etwas zu
besprechen. Um zweiundzwanzig Uhr bin
ich zurück. Da kann ich noch schnell die
letzten vier Seiten an Elaine schreiben und
ab geht's ins Bett.
Man sind diese Arbeitstage anstrengend.

Doch schon bald kommt der nächste Tag,
der nach frühem Aufstehen wunderbar

beginnt. Netty hat doch tatsächlich eine
kleine poetische Ader in sich entdeckt.
Schön. Auch wenn die Mails anfangs etwas
nachdenklich waren, besserte sich dies im
Laufe des Tages. Heute war die Arbeit
etwas besser möglich und organisierter. Es
sind die ersten zwei Projekte bei mir
eingegangen. Schöne Projekte.
Paula – eine Sekretärin aus einer anderen
Abteilung – fand auch noch ein Stündchen
Zeit für mich, was war das schön, sich mal
wieder richtig mit ihr zu unterhalten. Ein
schöner Tag.
Nachmittags meldete sich mein Rücken
wieder. Ich muß den Zumba – Kurs
absagen. Dafür kann ich Nicci doch zum
Schwimmen bringen.
Damit habe ich nächste Woche etwas mehr
Zeit.
Ich bin wie immer spät zu Hause, aber das
hat morgen ein Ende.
Mit einem Pfeifchen und Whiskey, läute ich
das Wochenende ein.

Heute ist Berluga Tag. Das heißt den
ganzen Tag keine Therapie und mittags
Suppe. Ja Samstag in Berluga – Land war
das so.
Allerdings, wenn ich so nachdenke, die
Suppe zum Mittag ist wohl nicht
vergleichbar. Hier gab's wieder
Spargelsuppe. Lecker. Aber dafür esse ich
dazu kein Brot.
Und keine Beschäftigung (Therapie) naja,
vormittags mache ich eine Bade – Therapie

gegen den Rücken. Und die vielen SMSsen und Mails, wenn das keine Therapie ist. Nachmittags kommt dann noch das neue Telefon. Somit hat Papa was zu spielen während er auf Nicci wartet, die wieder Schwimmen ist.

Den nächsten Tag fahren wir zu einem vierzigsten Geburtstag.
Hier gibt es einen ordentlichen Brunch. Anschließend veranstaltet man noch ein lustiges Spielchen, beim dem die Jubilarin alle Herren abtanzen muß. Die gute Ausbildung von Netty hat mir sehr geholfen. Danke Netty, daß Du es im Arabesk mit mir gewagt hast (Arm in Arm). Als ich nach Hause komme, soll ich noch schnell ein Protokoll für die Kita – Sitzung vom Donnerstag machen. Das wird zu einem richtigen Eklat. Ich habe das nicht für voll genommen und die Kita – Chefin wollte es aber ganz schnell, ganz dringend. Ich habe halt bei der Reha gelernt, mich zurück zunehmen. Da fällt auch mal was runter.
Naja, abends um einundzwanzig Uhr dreißig hat sie dann das Protokoll und ist wieder ruhiger. Passend dazu meldet sich Netty, um mir den Abend zu versüßen. Mit Whiskey und Pfeife ist das eine geile Sache. Und sie läßt sich Zeit, viel Zeit.
Nein, leider nur fernmündlich, per Telefon. Es war trotzdem so schön, als wäre sie hier gewesen.
Danke.

Es sind mittlerweile fünfzehn Tage nach der
Reha.
Der heutige beinhaltet mal wieder eine
harte Prüfung.
Ich beginne ihn ganz normal und gehe bis
zum Mittag arbeiten. Direkt im Anschluss
habe ich den ersten Termin bei meiner
Psychologin.
Das ist eine spannende Geschichte. Ich
habe damit ja wenig Erfahrung. Der erste
Eindruck von ihr ist etwas gespalten. Aber
im Gespräch ist sie sehr angenehm. Sie
fragt an den passenden Stellen und lässt
mich an den richtigen Stellen einfach reden.
Nach einer halben Stunde bin ich das erste
Mal den Tränen nah! Weichlappen!
Und ich dachte schon, ich hätte das alles
überwunden. Naja, ich habe ja jetzt eine
professionelle Therapie. Die Betreuung von
Netty vor und nach der Therapie ist
goldrichtig und sehr gut. Ich bedaure, daß
ich das gestern bei Ihr nicht leisten konnte.
Dann muß ich zur Neurologin. Sie ist sehr
zufrieden mit meinen Fortschritten. Sie
kann sich über mein Lächeln gar nicht
beruhigen. (Ich grinse zurzeit nur vor mich
hin, irgendwie bin ich total gut drauf.)
Auch meine Hausärztin, die heute richtig
Zeit für mich hat, ist sehr begeistert. Das
macht ein gutes Gefühl.
Das Hermine wieder nichts davon merkt
und nicht fragt, liegt sicher daran, daß ich
„alleine" wohne.
Nun muss ich noch zu einer

Elternversammlung. Die ist aber schnell
vorbei und das Protokoll zu tippen ist nicht
schwer. Schließlich warten schon die
schönen Mails mit Netty. Die werden
immer mehr. Das genieße ich ausführlich
im Herrenzimmer am Kamin. Der Rausch
des Whiskeys besorgt sein Übriges. Ich
schwelge in Phantasien über Netty.

Am 16. Tag nach der Reha gibt es schon
wieder was Neues. Aber erst am Abend.
So komme ich erst in den Genuss des
täglichen Wahnsinns zu Hause.
Die Kids waren gestern Abend erst spät
ruhig. Ja, richtig. Die natürliche Folge ist,
daß sie jetzt hundemüde sind und nicht
aufstehen wollen. Da ich sie aber mit
verschärften Mitteln doch raus jage, motzen
sie nur rum und trödeln. Ich versuche das
Minenfeld der schlechten Laune, so gut wie
es geht, unbeschadet zu durchqueren.
Glücklicherweise hat Netty mir bereits
einen Gruß gesandt. Der hält mich über
Wasser. Der Bäcker(besuch) bleibt
allerdings auf der Strecke. Ich bringe erst
die Kinder weg.
Danach ist es auch viel entspannter beim
Bäcker. Mit einem Pläuschchen und allem
Drum und Dran. Da steigt doch gleich
wieder die Stimmung. Und weil ich so gut
drauf bin, mittlerweile, fahre ich noch in
der Kita vorbei. Dort freut man sich immer
über frische Brötchen. Diese bringe ich
nämlich mal spontan vorbei. Und schon
hänge ich dort eine halbe Stunde fest und

quatsche mit "Gott und der Welt".
Irgendwann entschwinde ich zur Firma.
Heute dauert die Arbeit besonders lange.
Ich fahre nämlich im Anschluss gleich
weiter zur Reha – Nachsorge.
Man, im Vergleich zu anderen habe ich es
richtig gut.
Nach zwei Wochen steht meine
Psychotherapie, jetzt nach gut drei Wochen
die Gruppentherapie. Davon träumen viele
andere.
Der Tag heute war interessant, aber auch
sehr anstrengend.

Zwei Tage später ist dann mal wieder was
los.
Der Tag beginnt (wie fast immer) etwas
nervig. Ich habe verschlafen. Welch ein
Glück, daß ich nur so wenig Stunden
arbeite. Da kann ich das prima ausgleichen.
Nachmittags muß ich nämlich pünktlich
sein. Ich habe ein Date.
Mit Netty! Ja, unser immer noch intensiver
Kontakt gipfelt mal wieder in einem
schönen Nachmittag. Ich habe mir ein
besonderes Auto besorgt, mich in Schale
geworfen und hole sie direkt zu Hause ab.
Ach sie sieht wunderbar aus.
Wir machen eine Tour zu einem
Ausflugslokal. Dort gehen wir erst mal
ganz gemütlich spazieren. Nur die fehlende
Ortskenntnis treibt uns langsam zurück.
Da es gerade so schön ist, gehen wir noch
auf ein Käffchen ins Lokal. Der Abschied
voneinander, nach vielen Stunden, fällt uns

beiden sehr schwer. Es war so geil, ihr in die Augen sehen zu können und zu sehen, wie sie leuchten als wir über Sex, Gefühle und Beziehungen reden. Ihre Sehnsüchte klingen manchmal wie ein „Nimm mich!" in meinen Ohren.
Aber wir sind nur Freunde! Scheiße!
Leider habe ich die Zeit für den Rückweg zu optimistisch kalkuliert.
Ich wollte halt bei ihr bleiben. Die Rache folgt auf dem Fuß.
Die Autobahn ist dicht mit Sonntagsfahrern. Die fahren alle so, daß man meinen könnte, sie fürchten sich vor zu Hause, anstatt sich auf das Wochenende daheim zu freuen.
Na wie dem auch sei, ich habe Mühe pünktlich zum Zumba - Kurs im Fitnessstudio zu sein. Von Autotausch ist natürlich gar keine Rede mehr. So kann ich also mit der Protzkarre dort vorfahren. Na das gibt wieder ein Hallo! Der Angeberschlitten war doch nur gedacht um Netty aufzureißen. Nicht um in der Muckibude die Typen durcheinander zu bringen. Obwohl, im Zumba – Kurs gibt's ja auch Frauen!
Aber Spaß macht's trotz der neidischen Blicke. Die Vorturnerin ist übrigens deutlich hübscher als der Kubaner in Berluga – Land. Finde ich jedenfalls.
Nächste Woche mache ich zwei Stunden, so wie in der Reha.

Heute holt mich ein Strahlen bereits um fünf Uhr fünfundvierzig aus dem Bett.

Soweit hat mich die Arbeit also schon
wieder, daß ich nicht mehr lange schlafen
kann.
Was soll's, ich setze mich ins Auto, fahre
zum Bäcker und arbeite, dann, bis der
aufmacht. Danach geht's nach Hause. Die
Kinder gucken noch Bibi Blocksberg. Die
Dame des Hauses schläft noch. Also arbeite
ich draußen im Auto weiter.
Gegen neun gibt's dann was zu Essen.
Nun bin ich richtig motiviert, deshalb geht
es jetzt dem Rasen an den Kragen. Zum
Mittag sieht er schon richtig gut aus.
Nach dem Mittagsschläfchen und dem
Kaffeetrinken geht es zum Kraterbeet. Bis
neunzehn Uhr pflanze ich dort
neununddreißig Erdbeeren. Wem das zu
unspektakulär klingt, der soll's erstmal
machen.
Doch nun trudelt der Wetterbericht ein.
Mitte Mai und die erzählen was von Frost.
Die haben nicht alle Latten am Zaun!
Also muß ich noch schnell zum Spargel.
Glatte 1,5kg ernte ich. Allerdings sind auch
zahlreiche kleine mit geerntet worden, um
sie zu schützen. Jetzt kann ich aber endlich
in die Wanne.
Da sich Hermines Begeisterung über den
Spargel in Grenzen hält, biete ich, aus einer
netten Geste heraus, Netty den Spargel an.
Ich habe mit einem einfachen Ja oder Nein
gerechnet. Stattdessen entspinnt sich eine
Diskussion daraus, die mir im Moment
richtig ein schlechtes Gewissen und Gefühl
macht. Ich wollte ihr den Spargel nur vorbei

bringen und sie nicht verführen.
Warum ist das eigentlich immer so
kompliziert mit den Frauen??? Ob ich das
nochmal verstehe?
Da muß ich noch etwas drüber nachdenken.
Also greife ich mir den Single Malt und das
Pfeifenbesteck. Die Blicke in die Ferne und
den Fernseher bringen auch keine
Erleuchtung, aber Frieden.

Trotz des leichten Disputs mit Netty
gestern, hatte ich eine recht normale Nacht.
Dafür ist der Morgen nicht gerade schön.
War der Bodensatz der Flasche schlecht?
Der Abend wirkt doch immer noch nach.
Ich habe das Bedürfnis einen langen Brief
an sie zu schreiben. Das tue ich auch.
Aber ich schicke ihn nicht ab.
In der Zwischenzeit kommen erste
Nachrichten von ihr. Sie klingen nicht mehr
so böse wie gestern.
Ich werde ihr lieber mal erzählen, was ich
schrieb. Sonst kriegt sie das gleich wieder
in den falschen Hals. Frauen sind
manchmal so kompliziert.
Wir haben dann bald Besuch und langsam
verfliegt mein Problem. Mit einer eMail
von Netty geht es langsam aufwärts. Bald
kommen wieder mehrere SMSsen.
Es geht mir immer besser und ich kann
mich in Ruhe in die Wanne legen und der
ausführlichen Entspannung hingeben. Das
tut gut.
Und im Nu ist der Tag verflogen und die
Kinder sind im Bett. Hermine verpackt den

Spargel. Ich habe die Küche aufgeräumt.
Nachmittags hatte ich noch schnell einen
Gurken – Tomaten – Salat gemacht und die
Kinder gebadet.
Ich würde mich freuen, wenn ich im
Verhältnis mit Netty wieder am
Freitagnachmittag anknüpfen könnte.
Dieser war übrigens so wunderschön. Es
ging mir sehr gut mit ihr. Und ich hatte das
Gefühl auch sie hatte viel Spaß. Aber das
war ihr wohl etwas zu nah. Oder sie ist
erschrocken, wie sehr ihr das gefallen hat?
Mensch Netty, Probleme haben wir doch
schon genug.
Bei einem Whiskey sinniere ich wieder
einmal darüber, was aus dem Freitag alles
hätte werden können.

Montag. Heute ist es irgendwie
anstrengend.
Es startet gut. Eine schöne SMS und die
Sonne geht auf. Schön.
Dann bringe ich im dicken Protzkarren
Nicole in die Kita und Helene in die Schule
Das macht auch Spaß. Dort überrascht mich
die Mutter eines Klassenkameraden von
Helene mit einem Geburtstagsgeschenk.
Nun muß ich den Wagen tanken und durch
die Waschstraße schieben. Der Wagen soll
ja sauber sein.
In der Firma geht es sofort Schlag auf
Schlag. Von einem Meeting zum nächsten.
Insgesamt sind es drei Stück. Super. Die
ersten beiden Veranstaltungen waren total
langweilig. Allerdings, das letzte könnte

schön werden.

Um vierzehn Uhr geht's los und um Viertel nach zwei betritt Paula die Bühne.

Ich habe – so gut wie es auf Arbeit möglich ist – einen Tisch vorbereitet. Hans, der sich ja das Büro mit mir teilt, hat mich gehörig unterstützt. Es wird Kuchen (Kirsche) kredenzt und dazu haben wir frischen Kaffee. Dann wird schön geschnackt. So wie vor der Reha. Nach einer dreiviertel Stunde muss sie leider wieder weg. Vorher bekommt sie noch den Spargel.

Nach dem vielen Hüftgold darf ich noch ein bisschen aufräumen und ab geht's nach Hause. Nach Hause – nee falsch. Heute ist doch Konzert in Helenes Schule!!! Scheiße, also schnell die Richtung ändern und ab zur Schule. Karten haben wir keine mehr bekommen, also hilft nur, eher da sein und so tun als wäre man bereits kontrolliert.

Das ist bestimmt cool. Ich bin ja jemand, der nicht schwarzfahren kann. Sobald ich feststelle, daß ich keine gültige Fahrkarte habe, muß ich aus dem Bus oder der Bahn raus, weil ich mich total unwohl fühle. Da wird es bestimmt ganz leicht, unauffällig ohne Karte zu warten!

Kurze Zeit später sitze ich mit anderen Eltern, die auch ohne Ticket dastehen, erst mal eine Stunde rum, bis es losgeht.

Dann kommt der Auftritt der Kinder (ein Lied) und dann über eine Stunde weiteres Programm!

Gegen viertel nach sechs abends ist – endlich – Schluss. Ich habe Hunger!

Leider muß ich noch bei der Kita – Chefin
vorbei, sie braucht etwas Schwarzgeld! Um
neunzehn Uhr sind wir endlich zu Hause.
Normalerweise essen wir wie in Berluga
Land um siebzehn Uhr dreißig! Und müde
bin ich! Scheiße.

Der nächste Tag bietet wieder die
Absurditäten, die mich in die Reha
brachten.
Nach einem mittelmäßigen Tag in der
Firma frage ich nach, wer sich um die
Kinder kümmert. Sprich, wer sie von der
Schule und von der Kita abholt.
Na klar, immer der, der fragt. Nicht mal
eine Stunde später, kurz bevor ich losfahre,
kommt die Meldung, daß ich doch nur das
Nachbarskind aus der Schule abhole, da
Helene woanders mitfährt. Schön, dazu
mache ich eine halbe Weltreise, während es
für die gnädige Dame zehn Minuten Fahrt
sind!
Als ich zu Hause bin, heißt es, es muß
nichts mehr eingekauft werden.
Nein, die Getränke, außer Bier, sind alle,
mein Joghurt ist alle, keine Tomaten mehr
für *mich*, …. Danke für die Fürsorge,
Hermine!
Naja sie holt Helene ab, also kann ich im
Nachbardorf noch schnell Tomaten holen
und eine fetten Salat machen. Lecker,
Tomate mit Käse und Knoblauch!
Dann kommen die Kinder. Papa gibt ihnen
schnell Abendbrot und bringt sie ins Bett.
Hermine muß ja noch Auto waschen weil es

heute Nacht regnet. Verstehe ich zwar nicht,
muß ich aber auch nicht. Mein Auto ist
immer dreckig. Ich glaube, es liegt am
Feldweg zu meiner Ranch, der ist halt
staubig oder schlammig. Sie meint, es ist
so, weil ich es nicht putze. Das ist wohl ein
philosophisches Problem.
Das Ganze hat aber auch was Gutes, ich
kann den Salat alleine genießen. Sie geht
mir nicht auf den Nerv. Und beim
Tullamore kann Mann, während Mann die
Pfeife stopft, auch prima philosophieren.

Aber es geht noch besser. Glaubst Du nicht?
Na dann.
Um drei Uhr früh wird Helene wach und
hustet sich den Wolf. Bis wir beide dann
den Hustensaft finden und sie noch zweimal
auf Toilette ist, ist es drei Uhr dreißig. OK
ich stehe auf und fahre auf Arbeit. Dort
komme ich sehr gut voran. Die Mails mit
Netty sind sehr unterhaltsam und
erfrischend. Danke.
Gegen Mittag bin ich bei meiner
Psychiaterin. Sie hat mich schnell
gesundgeschrieben und mir den Termin für
die Konsiliar – Untersuchung gegeben.
Dann will ich noch einkaufen. Ich bin aber
so müde, daß ich erst nach Hause fahre.
Hier ist keiner da, also lege ich mich fix
hin.
Bald kommt mit Nicci ein Teil der
Rasselbande und dann erscheint noch die
Haushaltshilfe mit ihren drei Kindern! Ich
glaube es wird Zeit zu verschwinden. Beim

Rausgehen kommt auch noch Helene.
Ein absolut passender Moment für den
Abmarsch.
Also hole ich jetzt das Brot für mich,
welches alle ist, und was ich selber merken
mußte. Anschließend hole ich fast hundert
Liter Getränke, weil hier nur sechs Flaschen
Wasser und zweieinhalb Kästen Bier im
Haus sind und ja nichts fehlt.
Danach geht's zur Gruppe. Auf dem Weg
dorthin halte ich noch schnell im Baumarkt.
anderthalb Stunden später und einige
Erkenntnisse reicher, fahre ich Richtung
SeenCenter. Es ist ja alles fürs lange
Wochenende da. Deshalb kaufe ich jetzt im
Kaufland nur noch Joghurt, Käse, Tzaziki,
Grillwurst, Geflügelwurst, Katzenfutter,
Gemüse und quasi alle Sachen, die Hermine
nicht braucht!
Naja mit viel Hunger (ich habe über dem
Tag nur zwei Stullen gegessen) und Wut im
Bauch, komme ich zu Hause an.
Erst mal kann ich die hundert Liter Wasser
und den restlichen Krempel ausladen. Das
ist gut für meine Fitness, besonders für den
kaputten Rücken.
Das ist aber kein Grund für die Dame des
Hauses, jetzt mal endlich die Spargelsuppe
anzusetzen. Frau telefoniert ja. Nein, es ist
neunzehn Uhr fünfundvierzig und die
Damen haben ja bereits gegessen!
Nach ungefähr einer halben Stunde mit
bitten und betteln, ist die Suppe dann fertig.
Jetzt stellt Hermine fest, daß die Suppe
umgekippt ist!!! Fürsorglich wie sie ist,

bietet sie mir dann aber doch noch ein
Rührei an. Das mache ich mir, nach
meinem Geschmack, dann lieber selber!
Jetzt, gegen zwanzig Uhr dreißig, sitze ich
vor dem Fernseher.
Alleine.
Glücklicherweise. Und will entspannen.
Geht jetzt aber nicht. Ich soll der Katze
noch neues Antiflohmittel verpassen und
muß auf Nicole aufpassen. Sie hat sich
erbrochen. Hermine möchte ja unten im
Bett liegen, wenn eine ihrer Liebsten anruft.
Es gibt Momente im Leben, da versteht
man Amokläufer.
Glücklicherweise heitert mich Netty noch
ein bisschen auf.

Tag 23 Himmelfahrt
Endlich mal wieder eine Nacht mit
vernünftigem Schlaf.
Gegen sechs werde ich erst wach. Schnell
will ich den Guten - Morgen - Gruß an
Netty schicken.
Durch meine super gute Laune wird der
heute so groß (wie meine Morgenlatte), daß
das Telefon ihn in eine MMS umwandelt.
Die bekommt das Telefon aber nicht raus!
Ahhhh. In dieser Hütte hat der Wahnsinn
Methode!
Ungefähr eine Stunde später und mit drei
Sätzen weniger geht der Gruß endlich weg.
Zur Sicherheit schicke ich ihn noch per
Mail nach. Mann war das schwierig. Gleich
danach setze ich mich ans Internet und löse
dieses blöde Problem.

Nach dem Frühstück kümmere ich mich
dann im Garten ums Tomatenzelt.
Das Tomatenzelt ist im letzten Jahr
ziemlich zugewachsen. Heute öffne ich es
und räume es total leer. Dann wird die Erde
getauscht. Nun pflanze ich sieben Tomaten
und einen Olivenbaum, zweimal Basilikum,
einmal Sauerampfer und drei Maggikraut –
Pflanzen neu.
Anschließend wird die Wasserleitung
endlich soweit gestopft, daß wir wieder
ständig Wasser im Garten haben. Es mußte
bis jetzt immer wieder abgestellt werden, da
es zu doll leckte.
An anderer Stelle wäre mir lecken viel
lieber gewesen, aber lassen wir das.
Mein Freund der Rasenmäher knurrt schon
ungeduldig. Also tue ich ihm im Anschluss
den Gefallen. Über 200m² Grasland
verwandle ich in schönen Rasen.
Aber auch das Heu von der letzten Woche
will noch zusammen geharkt werden.
Schließlich wartet Paula, meine Kollegin,
schon. Besser gesagt, ihre
Meerschweinchen freuen sich bereits auf
das liebevoll, handgepflügte BioHeu
welches noch nach dem Schweiß des
Bauern duftet, der es geerntet hat.

Wer dem Garten so viel Gutes beschert,
der wird abends mit einem herrlichen Bad
geehrt.
(Vorsicht, Wald – und Wiesen Dichter!)

Das Baden hat mittlerweile eh eine

Bedeutung über die reine Körperpflege
hinaus bekommen. Ich lese gemütlich in der
Wanne. Esse, vorher liebevoll – von mir –
zubereitete Speisen, oder telefoniere und
schreibe mit Netty. Egal was ich genau
mache, unter einer Stunde geht es selten ab.
Wenn ich diese Zeit nicht habe, dann
dusche ich lieber.
Heute passiert dann nicht mehr viel. Bald
beginnt wieder ein spannender Tag.

Er beginnt mit einem vibrierenden
Spielzeug – Handy in Nicci's Bett und dem
dazugehörigen Kreischen um zwei Uhr
vierunddreißig (in Worten 2:43 Uhr) in der
Nacht.
Ich kann dann nur nochmal kurz
wegnicken. Gegen sechs Uhr dreißig starte
ich in Richtung Bäcker.
Als ich wiederkomme, bin ich überrascht.
Alle sind wach und der Tisch ist perfekt
gedeckt. Habe ich was verpasst?
Es beginnt das Frühstück und ein Tag voller
eMails und SMSsen.
Nach dem Frühstück geht es in den
Baumarkt. Material holen. Bald bin ich
wieder zurück und ich kann im Garten
loslegen. Die Türen am Tomatenzelt sind
neu zu bespannen. Im Kraterbeet und
Tomatenzelt muß kräftig gegossen werden.
Das Kraterbeet ist weiter auszuheben. Heu
zusammenharken, und die Motorsense zu
reparieren. Im Anschluss kann ich mit der
Motorsense über 100m² mähen.
Dann ist draußen Feierabend. Ich räume

nun die Küche auf und mache mir einen
richtig schönen Tomatensalat.
Nach dem Kochen, – ja ich weiß das
Zubereiten von Salat ist doch kein Kochen!
Hermine sagt mir das jedes Mal. Es macht
ja im Vergleich zu Hefeklöße im Wasserbad
zu erwärmen oder Pellkartoffeln zu kochen
auch gar keine Arbeit, einen guten Salat per
Hand zuzubereiten. Vielleicht sogar noch
inklusive verschiedener Dressings. Die
Meisterköchin wird es schon wissen, ich
bin ja hier nur der Depp. Egal, – nach dem,
was ich Kochen nenne, gehe? – Ja richtig,
ich baden. Ist das geil!
Als ich fertig bin, sind die Damen wieder
da. Keine Ahnung wo sie waren. So viel
wird nicht mit mir geredet. Wir essen und
dann verschwinden sie alle im Bett. Die
Kleinen zum Schlafen. Madame zum
Telefonieren.
Eigentlich ist das ja schön. Sie lässt mich in
Ruhe, ist oft verschwunden und bezahlen
muß ich das auch nicht. Wenn sie dann mal
da wäre, wenn man sie bräuchte, könnte sie
das immer so machen. Aber genau da hapert
es wieder.
So bin ich jetzt noch wach und surfe ein
bisschen im Netz, um mir andere Frauen
anzusehen, und sehe fern.
Und ich genieße die Ruhe. Mit Netty – also
virtuell, leider nicht direkt mit ihr. Statt an
ihren Nippeln, ziehe ich nur an meiner
Pfeife.

Was war das denn heute wieder für ein

komischer Tag?
Netty hat gestern Abend demonstrativ das
Handy ausgeschaltet.
Sie hat bald einen großen Auftritt mit ihrer
Tanzgruppe. Und nun kommt langsam das
dazugehörige Lampenfieber.
Ich schicke einen kurzen Morgengruß. Aber
es gibt keine Antwort.

Naja, ich kann nicht warten.
Raus in den Garten.
(Rette sich wer kann, der Wald und Wiesen
Poet bricht wieder durch!)

Erdbeeren und Tomaten gießen, vorne an
der Straße mähen. Viel Arbeit für einen
kleinen Gärtner. Zum Mittag lege ich einen
kurzen Boxenstopp ein und blende danach
nahtlos zum Mittagsschlaf über.
Auch nach dem Mittag hat sich Netty noch
nicht gemeldet...! Das ist echt komisch.
Nachmittags besucht uns Mel.
Bis Viertel vor neun bleibt sie. Die Kinder
sind hinterher fix und fertig. Nun kein
Wunder, wenn man den ganzen Tag auf
dem Hof rumtobt.
Abends schaue ich mal ins Mailfach. Nix
Neues im Osten? Netty, muß ich mir Sorgen
machen? Geht es Dir so schlecht? Es ist
wirklich schwer. Ich muß jetzt schon einen
Tag ohne sie aushalten.
Ich hätte nicht gedacht, daß mir das so
schwer fällt, auf sie zu verzichten. Daß sie
mir so fehlen könnte.
Naja ich werde noch einen Gute – Nacht –

Gruß senden und dann werden wir sehen.
Mal wieder bleibt mir nur die Kraft meines
Geistes, welche mir, vom Whiskey
angestachelt, zeigt wie schön es ist Netty zu
berühren, zu streicheln und zu liebkosen.
Man macht mich das wieder an.
Mensch pass' bloß auf, es ist nicht meine
Frau, sage ich mir immer wieder, nur eine
Freundin! Das nützt aber nichts. Ich bin
trotzdem hart und mache nochmal einen
Ausflug ins Netz. So kann Mann ja nicht
schlafen!

Ich werde wach und die Sonne strahlt mich
an. Das Wetter ist unglaublich. Da könnte
man draußen glatt Sport machen, joggen
zum Beispiel. Das macht bestimmt Spaß.
Netty hat heute ihren großen Tag. Die große
Party steigt, mit Tanz und allem Drum und
Dran. Vor Verwandtschaft ist das der erste
Auftritt seit längerer Zeit.
Toi, Toi, Toi kann ich da nur sagen.
Ich lasse es langsam angehen, Netty's SMS
holt mich dann aber endgültig aus dem Bett.
Es wird in Ruhe gefrühstückt und danach
heißt es wieder gießen.
Anschließend bereite ich das Heu vor.
Und plötzlich ist schon wieder Mittag. Aber
was soll's, bei der Hitze heißt es, sich ganz
langsam oder gar nicht bewegen. Da mache
ich doch wieder schön einen Mittagsschlaf.
Um drei nachmittags verschwinden die
Damen auf den Reiterhof. Papa geht
nochmal mähen und dann in die Wanne.
Man ist das geil!

Schöner ist es nur, mit Netty endlich wieder
SMSsen und später telefonieren zu können.
Das mache ich in der Wanne ausgiebig.
Oh gab das böse Blicke von Hermine, der
Weltmeisterin im „ich lege mich jetzt hin
und telefoniere ein paar Stunden", die
mittlerweile wieder zurückkam.
Ja, ich habe auch ein Telefon und darf es
auch benutzen! Ätsch, bätsch!
Kurz vor dem ins Bett gehen, kommt doch
glatt noch Post von der Partnervermittlung.
Bereits vor Beginn der Reha hatte ich mich
bei eDating angemeldet. Einfach mal so.
Wer nicht wagt, der nicht gewinnt. Und so
Scheiße wie es mir da ging, konnte eh nicht
mehr viel schief gehen. Zwischendurch sind
auch immer mal Vorschläge gekommen.
Aber es hat sich nicht wirklich was ergeben.
Und manchmal war das auch nicht wirklich
toll, was sie anboten. Aber diesmal, sieht
die Sache, oder besser die Dame, deutlich
besser aus.
Mal sehen was das wird.

Ach, was war das wieder ein schöner Tag.
Früh gehe ich arbeiten. Zum Mittag fahre
ich nach Burg
Dort hole ich ein Auto ab. Mein neues
Projektfahrzeug! Das ist schon ganz lustig.
Da der Wagen intensiv bewegt werden soll,
eile ich damit gleich zum wichtigsten
Termin des Tages.
Zu einem Date mit Netty.
Und das ist schön! Angeblich hat sie
zugenommen. So ein Quatsch. Ich finde, sie

sieht immer noch fantastisch aus. Und die
Gespräche mit ihr. Sie sind so wunderbar.
Am liebsten würde ich sie einpacken und
mitnehmen. Leider geht sie so gerne zum
Sport, und ich muß sie wieder ziehen
lassen.
Zu Hause, sammle ich dann aus Frust noch
etwas Heu ein.
Abends warte ich auf Post. Von Netty, oder
auch von eDating. Aber leider kommt nix.
Wenn Mann schon mal eine Frau braucht!
Schade. Also wieder nur Handarbeit?!

Am nächsten Tag ist das Aufstehen
verflucht schwer.
Ich bin doch irgendwie wieder sehr spät ins
Bett gekommen. In der Nacht gingen mir
dann zwei Frauen ständig durch den Kopf:

Strandwache

*Um einen besseren Überblick über die
Schönen am Strand zu bekommen, klettere
ich auf einen Rettungsturm. Es ist bereits
später. Der Turm ist daher unbesetzt und,
welch ein Zufall, sogar offen. Das dies eine
Venusfalle sein könnte, soweit kann ich
momentan nicht denken.
Kaum habe ich begonnen, den Blick auf die
See zu genießen, da passiert es.
Eine sehr schöne, weibliche Stimme fragt
mich, ob sich Ausblick lohnen würde.
Ich drehe mich um und traue meinen Augen
nicht.
Eine wunderschöne, gefärbte Blondine steht
vor mir. Sie trägt nur einen olivfarbenen
Bikini mit viel Schnüren und Perlen
verziert. Er zeigt mehr, als er bedeckt.
Zum Beispiel ihre Brust. Sie wirkt sehr
straff. Für eine Frau Mitte Dreißig sehr
straff, eher jugendlich. Die Beine sind lang,
trainiert und der reine Wahnsinn. Über den
strammen Hintern, der sich andeutet, traue
ich mich kaum zu reden.
Doch nun fängt sie an. Ich bin illegal hier.
Das bedeutet harte Strafmaßnahmen. Ob
ich einsichtig wäre. Ich weiß nicht, was sie
mit Einsicht meint. Aber sie wird schnell
deutlich und fragt erneut, ob sich die
Aussicht lohnt. Dabei deutet sie auf meine
Hose.
Ich will schüchtern antworten. Da wird sie
deutlicher. "Ausziehen!"
Das sind klare Worte, denen ich mich nicht
sperre.*

*Nur noch in Slip und T-Shirt, muss ich mich
nun auf den Teppich legen. Auf den Rücken.
Während sie mich an die Tischbeine der
umstehenden Tische bindet, erklärt sie mir,
etwas von Eigensicherung. Das sie sich
sichern muss, wird mir bei der letzten
Fessel klar! Dazu beugt sie sich quer über
mich. Ihre Brüste hängen zum Greifen nah
über mir, wenn ich nur könnte.
Nun erklärt sie mir, sie würde jetzt in einer
Ersatzmaßnahme die Strafe sofort
eintreiben.
Während sie das sagt, lässt sie, über mir
stehend, den Slip des Bikinis nach unten
gleiten.
Was für eine Frau. Mir ist klar ich werde
hier sterben. Aber ich bettelte förmlich
darum, dass sie beginnt.
Sie kniet sich über mir hin. In Brusthöhe.
Mit ihrem entblößten, strammen Hintern zu
mir. Die Schenkel sind gespreizt. Mann, was
für eine Weiblichkeit. Ihre Lippen scheinen
sich mir entgegen zu strecken. Habe ich sie
überhaupt nach ihrem Ausweis gefragt?
Kommt sie überhaupt von der örtlichen
Ordnungsbehörde?
Das ist aber jetzt auch egal. Die Strafe wird
höher als das Vergehen es rechtfertigt. Aber
diese Strafe sieht so schön aus. Ich bin
bereit alles zu geben!
Während ich sie so sehe wird mir ob der
Schönheit schwindlig. Mein Blut wandert
aus dem Kopf und es ist deutlich zu spüren,
wo es sich sammelt.
Doch warum nimmt sie jetzt die Schere?*

Ich bekomme Angst. Ich versuche etwas zu sagen, aber ich bekomme nichts heraus. Sie schiebt sich einfach etwas nach hinten und drückt ihre Scham einfach auf meine Lippen.
Ich ergebe mich. Ich beginne einfach nur, so gut ich kann, mit meiner Zunge in ihre Lustspalte einzudringen. Sie schmeckt fantastisch. Auch der Geruch ist betörend. Sie hat mittlerweile die Schere weg gelegt und die Raffinesse meines Slips erkannt. Sie löst die Knöpfe und mein kleiner erregter Freund starrt sie an.
Sie zögert keinen Augenblick. Sie nimmt ihn in den Mund. Abwechselnd klemmt sie ihn zwischen die Lippen und bewegt sich dann auf und ab. Oder sie spielt mit ihrer Zunge an der Eichel, empfindlichen Bändchen oder gar den Hoden. Auch diese bearbeitet sie mit den Lippen. Ihre Scham drückt sie mir dabei abwechselnd stark oder schwach ins Gesicht. So dass ich sie mal ganz oberflächlich an der Vulva, mal ganz tief an ihrem Kitzler oder ihrer Lustgrotte berühren kann.
Ich werde wahnsinnig!
Sie macht mich wahnsinnig. Egal womit. Mit der prallen Weiblichkeit vor meinen Augen. Oder ihrem geilen Mund der seit einer gefühlten Ewigkeit meinen kleinen Mann verwöhnt. Ich brenne darauf, es ihr richtig zu besorgen. Mit starken Stößen wieder und wieder in sie einzudringen. Doch ich kann nichts tun. Ich bin gefesselt und von ihrem Wohlwollen abhängig.

*Nun richtet sie sich langsam auf. Sie steht
kurz auf, dreht sich über mir mit dem
wunderschönen Antlitz zu mir und setzt sich
auf mein Becken. Wieder sind die Beine
gespreizt. Wieder sehe ich eine unglaublich
begehrenswerte Frau direkt auf mir.
Dann öffnet sie ihr Oberteil. Oh Mann, wie
soll ich das aushalten? Erst öffnet sie das
Bändchen auf dem Rücken. Die kleinen
Stoffdreiecke entspannen sich, aber geben
den Blick noch nicht frei. Dann öffnet sie
das Band um den Hals und nimmt das
Oberteil zur Seite. Wooow. Was für Brüste!
Fest, straff, wie bei einem Teenie und das in
ihrem Alter. Sie ist hier genauso gut in
Form wie am restlichen Körper. Sofort
meldet sich mein kleiner Freund wieder.
Leider bemerkt sie das, da sie direkt vor
ihm sitzt und er sie anstößt. Das lässt sie
sich nicht gefallen. Das ist in ihren Augen
Widerstand. Sofort bekomme ich die ganze
Härte zu spüren. Sie setzt ihre geöffnete
Frau direkt auf den kleinen und gleitet dann
genüsslich nach unten. Gleichzeitig beugt
sie sich vorne nach unten, so dass ihre
bereits strammen Nippel über meinen
Oberkörper streichen. So geht sie immer
weiter runter. Bis ihre Brüste meine Hoden
erreichen. Nun beginnt sie langsam und
genüsslich immer auf und ab zu rutschen
und meine gesamte Männlichkeit mit ihrem
tollen Busen zu verwöhnen.
Das ist Folter! Besonders wenn sie
aufhören sollte! Mann ist das schön.
Aber ich kann mich nicht mehr lange*

bremsen.
Doch für den richtigen Moment hat sie ein
super Gespür!
Mit dem Gespür für den richtigen Moment
richtet sich dieses sagenhafte Weib wieder
auf. Stemmt kurz ihr Becken in die Höhe um
sich Sekunden später meines strammen
Freundes zu bemächtigen. Sie nimmt ihn in
die Hand und führt ihn sich ein. Oh Mann,
was ein Weib. Ohne Rücksicht auf Verluste
umschließt sie mich. Ich kann nicht mehr
und will zum Abschluss kommen. Doch
keine Chance mit ihr. Sie lehnt sich zurück
und stützt sich mit den Armen auf meine
Schenkel. Ich kann mich nicht mehr regen.
Sie hat die totale Kontrolle. Sie bestimmt
nun den Rhythmus und genießt es sichtlich.
Ihr Körper bebt, während sie das Becken
hebt und senkt. Sie atmet immer schwerer.
Dann wird die immer schneller und ich
kann nicht mehr. Ich ergebe mich ihrer
Leidenschaft und spritze hemmungslos in
sie hinein.
Ist das gut, ooooh, Hilfe.
Auch für sie ist der Moment gekommen. Sie
stürzt sich mit ihren Lippen auf meinen
Mund und unsere Zungen fallen wild
übereinander her. Sie verlangsamt dabei
den Rhythmus und lässt mich noch tiefer
eindringen. Mit 2 kurzen Griffen hat sie die
Fesseln meiner Arme gelöst. Ich umarme
sie und drücke ihren scharfen Oberkörper
an mich. Bebend vor Lust lässt sie es zu und
genießt mich in ihr. Meinen kleinen Freund
und meine Zunge. Genauso genieße ich ihre

Nähe.
Wir verschmelzen. Noch nie habe ich eine
Frau so empfunden. Danke, daß ich lebe!
Nach einer kleinen Ewigkeit verlassen mich
die Kräfte und ich rutsche aus ihr heraus.
Sie liegt geschafft aber glücklich auf mir.
Sie lächelt mich müde an, während sie mich
ermahnt. "Im Wiederholungsfall wird es
deutlich teurer!"
Ich gelobe Morgen wieder hier zu sein.
Wie groß ist meine Freude, dass ich sie am
Anfang nicht fragte, ob das hier wirklich
ihr Außendienst - Revier ist.
Ich schlafe ein und träume von morgen.

Wunderschön, sind diese Frauen und dieser
Traum. Aber leider kann Mann dabei nicht
wirklich schlafen. Als es mir dann endlich
gelingt, ist es schon wieder dicht an vier
Uhr dreißig, der regulären Auf – Steh –Zeit.
Zu dieser Zeit bin ich natürlich automatisch
wach!
Für den Guten – Morgen Gruß erscheint es
mir zu früh. Ich nicke weg.
Als ich wieder aufwache, ist es zu spät.
Netty ist bereits zehn Minuten wach!
Naja gut, irgendwie klappt es doch noch,
ihr ein paar nette Worte zu schicken.
Anscheinend gefällt es ihr, denn sofort
entspinnt sich wieder ein doppeldeutiger
Dialog.
Als die Kinder um sieben Uhr fertig sind,
bekommen sie ein Gefühl, wie es ist, wenn
man mit der Polizei der Kita oder Schule
zugeführt wird.
Ich fürchte es hat ihnen eher gefallen, als
erschreckt, in Papas schicken, neuen
Streifenwagen mitzufahren!
An der Schule gab es natürlich ein großes
Hallo, als der Streifenwagen auf den
Schulhof fährt. In der 30er – Zone vor der
Schule ist heute keiner zu schnell! Als ich
im Wendekreis halte, ist der, wie üblich,
voller Autos von Eltern die ihre Kinder
abliefern. Als ich die Kinder abgeliefert
habe und fünf Minuten später
zurückkomme, steht dort nur noch ein
einsamer Streifenwagen! Echt komisch, wie
sich die Leute foppen lassen.
Gegen halb zehn bin ich dann endlich im

Büro. Schnell noch den Kaffee fertig machen und ab zum persönlichen Gespräch mit dem Chef. Wer bin ich und wenn ja warum – das will man bei uns regelmäßig mit den Mitarbeitern klären. Heute bin ich an der Reihe. Zwei Stunden später (zum Mittag) kann ich dann endlich frühstücken!!!
Dann schaffe ich es, die Nachmittags – Beschäftigung abzuwimmeln. Sehr schön, so kann ich mir mal den Norden der Stadt intensiver ansehen (auf Google).
Schließlich treibe ich mich da neuerdings (wegen Netty) andauernd rum und weiß eigentlich nicht, wo ich bin. Ständig sind mir Namen bekannt, aber die Orientierung fehlt. Das hasse ich! Jetzt bin ich schlauer und habe ein paar neue Ziele für den Donnerstag.
Gegen vierzehn Uhr geht's endlich nach Hause. OK, es geht zur Schule. Helene will ja wieder abgeholt werden.
Sie ist von der Hitze so geschafft, daß sie im Auto einschläft. Gut, dann macht sie halt Mittagsschlaf. Als wir um Viertel vor vier am Nachmittag zu Hause sind, lasse ich sie im offenen Auto sitzen, reiße mir sofort die Sachen vom Leib (außer der kurzen Arbeitshose) und beginne, ungefähr anderthalb Stunden lang, Heu zu sammeln und Spargel zu stechen. Danach grabe ich noch etwas um und bin gegen achtzehn Uhr „durch mit dem Tag". Jetzt hilft nur noch ein schönes Bad!
Danach sieht der Tag und der Gärtner gleich

ganz anders aus.
Nun mache ich noch die Reste vom
Sonntags – Mittag warm und dann ist die
Welt in Ordnung. Die Kinder sind
mittlerweile im Bett.
Hermine ist draußen, ach wie ist das schön
hier. Jetzt noch eine Partnerin fürs Gespräch
oder auch für ein bisschen schönen Sex,
und der Abend wäre perfekt. Naja, man
kann nicht alles haben. Schreibe ich halt
Mails, obwohl da war doch was?
Also her mit dem Tullamore und der Pfeife,
wenn Ihr mich alle verlasst! Was tut das
gut!

Zwei Tage später wird es wieder hart.
Ich bin mal wieder um vier Uhr dreißig raus
aus den Federn. Dann geht es zur Firma. Im
Dorf wird gebaut, also muß ich über die
Autobahn zur Arbeit fahren. Man kostet
mich das eine Kraft, in Stolp die Autobahn
nicht zu verlassen. Warum ich nicht bei
Netty, die hier wohnt, vorbei fahre? Nun ich
habe keine Angst vor dem guten Kaffee. Ich
fürchte mich auch nicht vor der attraktiven
jungen Dame, die ihn zubereitet (um diese
Zeit).
Nein. Es ist der Mann. Schließlich schläft er
noch, und es wäre unhöflich, ihn mit dem
Klingeln zu wecken!
Also fahre ich durstig weiter.
Dann wird hart gearbeitet, naja ich versuche
es, aber Netty's schöne Mails torpedieren
meinen Vorsatz ein ganz kleines bisschen.
Aber das ist so schön, …!

Dann um zwölf kommt das Auto aus der Werkstatt und ich fahre etwas durch Berlin. Eine Katastrophe. Ich bin nach zwei Stunden zurück. Und nun beginnt die Fehlerauswertung. Naja, ich habe Zeit, ich muß noch bis Viertel nach sechs bleiben. Dann muß ich zur Psychologin!
Bei der Psychologin wartet dann jede Menge Papierkrieg auf mich. Toll. Dafür beginne ich in ca. drei Wochen, Montag um Viertel nach fünf mit der Therapie.
Im Anschluss fahre ich noch einkaufen und nun geht's endlich nach Hause. Zwanzig Uhr zwanzig bin ich daheim. Was für ein Tag!
Und ich kann keinen Tomatensalat essen. Aaaaaa! Aber ich habe morgen einen wichtigen Termin

Heute habe ich (mal wieder) Urlaub.
Davon ist, auch wie oft, nicht viel zu merken.
Als Erstes wollen die Kinder in Kita und Schule gebracht werden. Danach versuche ich einzukaufen. Das klappt aber nicht. Warum? Nun, vielleicht telefoniere ich zu viel mit Netty. Da das über die Freisprecheinrichtung geht, kann ich das Auto nicht verlassen, sonst verstummt die schöne Stimme.
Aber etwas Gutes hat es auch. Ich denke plötzlich an die Blumen die ich noch brauche.
Schwein gehabt. Schnell kaufe ich noch welche und dann geht es unter die Dusche

und ab zur Massage.
Ach heute, werde ich richtig durchgeknetet.
Super geil und welch ein Glück. Um
fünfzehn Uhr muß ich bei meiner
Psychiaterin antreten und die will doch glatt
sehen, ob ich mit den Händen an die
Fußspitzen komme. Dank der Massage geht
es super.
Nach dem Arzt, komme ich zum
eigentlichen Höhepunkt. Ich bin noch
verabredet, mit Netty!
Schnell nach Hochdorf fliegen und dort
endlich ausspannen und Mensch sein. Auch
wenn die Themen nicht schön sind. So ist
ihre Nähe und das Reden mit ihr Balsam für
die „geschundene" Psyche.
Natürlich gibt es noch den Zumba – Kurs,
aber den lasse ich ausfallen. Die Zeit mit
Netty bringt mir mehr. Da bin ich mir
sicher.
Und der Stau auf dem Rückweg liefert mir
das Alibi, warum ich nicht zum Zumba bin.
Besser geht's doch gar nicht.

Auch der Pfingstsonntag steht wieder, wie
der gestrige Samstag, im Zeichen des –
richtig – Gartens.
Das Heu machen wird nur von einem
kurzen Mittagsschlaf unterbrochen. Aber
danach geht's dann richtig ins Heu. Nein,
nicht mit einer Frau. Leider. Und das
obwohl es daran in meinem Umfeld nicht
wirklich mangelt.
Trotzdem bin ich nur mit einer Kiste
Kartoffeln bewaffnet. Diese werden dann

einzeln im Heu „versteckt". Das Heu riecht
so geil, daß selbst das auf Knien hier
durchkriechen angenehm ist!!
Im Anschluss wird das heute vorbereitete
Beet mit Kartoffeln belegt. Dann öffne die
„Heureserve" und auch diese Kartoffeln
verschwinden unter getrocknetem Gras.
Damit ist es dann der Gartenarbeit genug.
Es warten ja der Salat und die Wanne. Du
meinst nach so wenig Arbeit wäre baden
nicht nötig? Also meine Füße, die in
Arbeitssicherheits – Halbschuhen stecken,
meinen etwas anderes. Sie sehen sie aus,
wie von einem Neger! Ohne Baden würde
ich zur Not auch als Heuhaufen
durchgehen! Schließlich bin ich da vorhin
durchgerobbt!
Und da ich das gerne mache, stürze ich
mich jetzt in die warmen Fluten.
Danach sollen eigentlich die Kinder baden,
aber nach Nicci war Leni schon
eingeschlafen. Tja, dann beginnt der Abend
halt früher. Verdient habe ich es, finde ich
zumindest.

Pfingstmontag, die freien Tage sind bald
vorbei. Endlich!
Damit hat die Schufterei im Garten auch ein
Ende.
Du weißt nicht wovon ich rede?
Nun, heute war großer Gartentag Nr.drei.
Gegen neun Uhr dreißig bin ich raus.
Brennende Sonne. Aber egal. Das
Zwiebelfeld muß fertig werden. Also wird
das dritte Beet zur Hälfte abgeharkt und

dann wird, liebevoll, jede einzelne
Mohnblume per Hand rausgezogen. Die
kommen nämlich nicht mit der Harke raus.
Danach werden Brennnesseln, Löwenzahn
und Quecke mit der Grabe Gabel gelockert
und ebenfalls per Hand einzeln entfernt.
Zum Mittag habe ich 60m² sauber.
Es gibt Rosmarinkartoffeln mit Tzaziki.
Nach dieser Stärkung und einem kurzen
Schläfchen geht es wieder raus. Die Sonne
knallt noch mehr. Da kann Mann gleich
noch mehr schuften. Also schnell das
Unkraut auf den Kompost und dann wird
Mutterboden gefahren. Er soll das
Hochbeet, welches mit dem Unterbau
bereits fertig, abschließen. Dann kann auch
hier endlich gepflanzt werden. Knappe
100m vom Hochbeet entfernt ist ein Hügel
mit Muttererde. Das ist Aushub vom Bau
der Erdwärme – Heizung. So fahre ich also
mit der vollbeladenen Schubkarre also gut
zwanzig Mal die 100m bei praller Sonne
und schippe dazu noch kräftig Erde!
Da kann man sich hinterher schon satt
haben.
Aber um sechzehn Uhr kommt Mel.
Ich muß jetzt in die Küche und dort
arbeiten. Mel wünscht sich, wie immer,
Tomatensalat. Welch ein Glück, daß ich das
so perfekt beherrsche! Um den zu
bekommen, toleriert sie sogar, daß ich nicht
gleich dusche sondern wie ein Stück Garten
aussehend, in der Küche schufte.
Als der Salat fertig ist, verschwinde ich
endlich in die Wanne.

Ach ist das geil! Unbeschreiblich!
Nach eine Stunde komme ich „als neuer
Mensch" wieder raus.
Mel verschwindet, die Kinder gehen auch
gleich ins Bett. Und, das Glück ist mir hold,
Hermine auch. So bin ich jetzt alleine und
kann mit Netty Pläne für den nächsten
Freitag machen. Das Leben ist doch
manchmal wunderbar!

Was für ein nervenaufreibender Tag!
Alles beginnt ganz ruhig.
Ich bin bereits vor fünf am Morgen on the
Road und gegen fünf Uhr fünfzehn in Höhe
des „Hochdorfer Kaffeestübchens". Alles
plätschert so dahin. Bis um neun Uhr so
langsam alle i der Firma sind. Dann stelle
ich die entscheidende Frage. Ist schon
irgendetwas für die Fahrt morgen
vorbereitet?
Nö!
Ach du Scheiße! Muß man denn hier immer
an alles alleine denken? Das ist ja wie zu
Hause. Wie immer geht jetzt die Panik los.
Material muß besorgt werden und die
Werkstatt muß ich anleiten. Nebenbei sind
die letzten Tests zu schreiben. Naja, alles
halb so wichtig. Es gibt da was, was meine
Moral (und nicht nur die!) oben hält. Und
Hans ist tierisch genervt. Ich bin seit der
Reha so unausstehlich gut gelaunt und
freundlich!
Mittags gebe ich schnell die letzten
Unterlagen bei meiner Psychologin ab und
dann drehe ich richtig auf. Um dreizehn

Uhr wird alles zusammengesteckt und dann
wird's heiß und stinkt und raucht.
Scheißßße!
Nach einer Stunde wissen wir, was falsch
war. Dummerweise muß ich gleich los und
die Kinder holen. Mit einer Verspätung von
ca. fünfundvierzig Minuten verlasse ich
endlich den Hof, allerdings mit dem
fertigen Testwagen. Die Schäden waren
kleiner als die Rauchfahnen. Schwein
gehabt!
Nun schnell die Kinder einsacken! Leider
merke ich erst auf der Fahrt, daß die Navi
mir nix erzählt!!! Oh Mann, das ist die
Hauptsache auf der Fahrt!
So, Kinder einladen und abliefern, noch
schnell Getränke holen und um Viertel vor
fünf nachmittags bin ich zu Hause. Nun
geht die Fehlersuche los!! Nach gut
fünfzehn Minuten gibt es einen Grund zur
Hoffnung, ich entlocke dem Gerät die
ersten Töne. Ich kann fahren. Ist das alles
ein nerviger Scheiß!!!
Jetzt brauche ich etwas zur Entspannung.
100m² Wiese müssten abgeharkt werden
(das Heu muß eingeholt werden!). Das
klingt doch nach einer schönen
Abwechslung.
Gut eine Stunde kämpfe ich gegen den
Wind der alles, was ich zusammenharke,
immer gleich wieder weg pustet. Dann gebe
ich allerdings den Kampf auf. Aber ich habe
mir auf diese Art auf jeden Fall ein Bad
verdient!
Nachdem die Kinder im Bett sind, darf ich

noch ein bisschen Geld für Madame
überweisen. Es ist doch toll, so eine Frau im
Haus zu haben. Und dann gibt es,
ENDLICH, Tomatensalat und Bier!!!
Endlich Feierabend.

Dieser Morgen hat ja wieder mal alles
getoppt!
Der Tag beginnt, wie so oft in letzter Zeit,
wunderschön. Ich blicke auf mein Handy
und eine wunderbare Frau (ein Bild von
Netty) lächelt mich an. Wie kann ein Tag da
schlecht werden?
Er kann, wenn man eine Madame zu Hause
hat. Mit ihren Fragen nach Geld schafft sie
es in ihrer unvergleichlichen Art die
Stimmung total zu kippen. Hundertmal
schon, habe ich darauf hingewiesen, daß ich
das Geld im Keller leider nicht drucke. Das
heißt, ich muß es am Automaten oder in der
Bank holen. Wenn Frau dann aber früh
schnell mal 150,- € cash haben will, kann es
schon mal ein Problem geben. Ich gehe
heute auf Fahrt. Ja, da habe ich auch etwas
mehr Geld im Portemonnaies, aber das
brauche ich für die Fahrt. Aber das begreift
sie nicht! Als ich versuche das zum 100sten
Male zu erklären, gibt's wieder richtig Zoff.
„Weil ich sie immer um Geld betteln
lasse." Vielleicht rücke ich das Geld aber
auch nicht raus, weil meine Taschen dann
leer sind und ICH dann sehen kann, woher
ich neue Kohle kriege. Das ist ja dann nicht
mehr IHR Problem. Und genau diese, ihre
Einstellung kotzt mich so maßlos an.

WEIBER!!!

Glücklicherweise habe ich eine „personal Therapeutin". Nachdem ich die Kinder in der Schule abgeliefert habe, schreibe ich ein paar Mails an sie. Da es beim Schreiben vor Aufregung Probleme gibt, rufe ich an.

Oh tut das gut. Ihre Stimme allein ist Balsam für meine Seele. Die Worte sind das i – Tüpfelchen. Ich bin kurz vorm Heulen. Aber sie schafft es, mich zu beruhigen. Dank Netty geht es mir nach einer Stunde wieder super.

Nun starte ich gen Süden. Viel Arbeit. Aber die Landschaft entschädigt fast für alles.

Nur nicht für das schlechte Gewissen. Eigentlich wollte ich Netty eine Freude bereiten. Leider wurde der fette Blumenstrauß nicht direkt bei ihr, sondern beim Pförtner abgegeben. Zur Mittagspause wird ihr dieser dann vor versammelter Mannschaft überreicht. Toll. Sie ist verheiratet und bekommt so einen Strauß! Da ist doch was faul. Von wem ist der? Wie heißt er? Wie sieht er aus? … wer solche Kollegen hat, braucht keine Feinde.

Wie schade, eigentlich sollte sie sich freuen und ihre Einsamkeit vergessen. Nun muß ich mich rechtfertigen für eine nette Geste. Aber ein bisschen Freude spüre ich bei ihr auch.

War wohl doch nicht nur falsch.

Es ist halt wie immer, wer nichts macht, macht nichts verkehrt. Vielleicht tröstet mich das.

Nach guten acht Stunden unterwegs,
erreiche ich langsam das Ziel.
Ich komme um eine Kurve und da liegt es
vor mir.
Wie eine wunderschöne Frau, die sich leicht
bekleidet und lasziv auf dem Sofa rekelt
und dabei einen Blick auf ihre Weiblichkeit
freigibt. Fast so erregend finde ich diesen
Ausblick über das Erzgebirge an dieser
Stelle, kurz oberhalb meines Quartiers.
Es ist immer wieder schön diesen Blick zu
genießen. Ich muß anhalten. Die Luft atmen
und dabei in Ruhe den Blick über die
Landschaft gleiten lassen, wie über eine
attraktive Frau. Ist das geil. Ich bin wieder
hier. Es ist fast ein Jahr her. Wahnsinn. Die
Sonne strahlt und mit der beginnenden
Abendstimmung ist es hier wieder einmal
einmalig.
Ich habe mich im Berghof eingemietet. Hier
bin ich bekannt und werde besser umsorgt
als zu Hause. Gut das ist auch nicht schwer.
Aber trotzdem, schon der herzliche
Empfang ist wunderbar. Zusammen mit der
Landschaft ist das super. Wenn man im
Reisekatalog liest: „mit direktem Blick
auf …", dann ist bestimmt so ein Hotel
gemeint. Man blickt direkt auf bekannte
Felsformationen über ein Tal hinweg und
sieht nur Landschaft in herrlicher Ruhe.
Jedes Zimmer ist hier schön.
Jetzt aber lasse ich mich erstmal im
Restaurant nieder. Aus dem großen
Wintergarten kann ich die Landschaft
genießen und schreibe meinen Testbericht.

Diese Berichte sind ganz schön langweilig. Und ich schreibe eMails mit Netty, der Hammer. In jeder gibt sie mir eine Steilvorlage und ich soll sie nicht nutzen? Nein, heute nicht. Heute mache ich mit! Wir steigern uns so, daß alleine diese Korrespondenz schon ein Scheidungsgrund wäre.

So, fünf halbe Liter Bier sind alle, ich bin durch und werde morgen nicht mehr verstehen, warum Netty nicht mehr mit mir redet. Aber schön war's doch, irgendwie. Wir kennen uns jetzt zwei Monate, aber es fühlt sich anders an.

Bei ihr funktioniert die normale Zeitrechnung irgendwie nicht.

Sie sieht nicht aus wie fünfundvierzig, die sie angeblich ist, nicht im Geringsten. Und wenn man mit ihr „zusammen" ist / ein enges Verhältnis hat, fühlen sich zwei Monate eher wie Jahre an. Soviel weiß man und so fühlt man mit dem Anderen, so viel erlebt man. Komisch.

Denke, rauche oder trinke ich zu viel? Egal, ich gehe jetzt aufs Zimmer. Ich bin eh der letzte im Restaurant. Hätte ich noch länger gewartet, hätte ich noch mit zum Frühstück eindecken müssen. Aber eine Flasche Bier nehme ich noch mit.

2. Tag der ersten Testfahrt.
Es geht gleich kurz nach sieben los mit dem Frühstück.
Um acht Uhr startet die Arbeit.
Leider mit dem üblichen Problem. Das

System läuft nicht. Was ist das für ein
Scheiß!
So kann man doch nicht arbeiten.
Und das hat bisher keiner gemerkt? Bin ich
wirklich der Einzige der sich mal diesen
Mist hier wirklich ansieht?
Ich brauche fast eine Stunde, bis der Müll
endlich wieder läuft. So kann man
jemandem auch die Tagesplanung versauen.
Danke Kollegen! Nun darf ich also im
morgendlichen Verkehrswahnsinn nach und
durch Dresden fahren.
Um zwei Uhr nachmittags habe ich es
endlich geschafft. Ich bin im Büro. Ach das
ist schön. Ich kann wieder eine Stunde mit
Netty telefonieren. Das ist immer geil.
Diese Stimme. Und das Leben und die
Energie die aus ihr heraussprudelt!
Gegen siebzehn Uhr kann ich endlich nach
Hause fahren. Da bin ich schon total fertig.
Die Tour hat ganz schön geschlaucht. Es
klingt zwar immer nicht so. Aber wenn man
den ganzen Tag im Auto sitzt, ist das auch
verflucht anstrengend. Besonders wenn
man die Systeme so im Blick haben muß,
wie wir. Das habe ich heute nach der langen
Pause mal wieder deutlich gespürt. Ich
werde gleich im Bett verschwinden.

Heute habe ich mal wieder Urlaub. Naja ich
finde, nach der Fahrt gestern, habe ich ihn
mir auch verdient.
Nach dem üblichen Theater morgens,
bessert sich der Tag schnell.
Ich bin beim Friseur. Das ist wie Wellness.

Wir haben heute festgestellt, daß meine
Friseuse mich bereits seit zwanzig Jahren
betreut. Da merkt man mal, wie die Zeit
vergeht. Sie war im dritten Lehrjahr, als sie
auf mich losgelassen wurde. Mittlerweile
kann ich mich mit der Frisur wieder sehen
lassen.
Nein sie schneidet schon immer sehr gut!
Beim Rechnen sind wir aber fast vom
Glauben abgefallen.
Danach geht's nach Hause. Hier hat sich
mittlerweile ein bisschen was getan. Ich
weiß nicht, ob Hermine was gut machen
will? Hätte sie Grund dazu? Egal.
Diese Nacht war eine Katastrophe. Ab zwei
Uhr konnte ich nicht mehr schlafen, weil
ich ständig an Netty denken mußte. Nun
versuche ich es mit einem
Mittagsschläfchen. Das hat auch ganz gut
getan.
Um vierzehn Uhr verschwindet Hermine
dann. Sie meint, Netty und ich brauchen
hier eine sturmfreie Bude. Wozu auch
immer. Nach einem kleinen Problem ist es
kurz nach drei nachmittags so weit.
Netty steht auf der Matte.
Ach ist das schön sie wieder zu sehen. Sie
hatte mir am Telefon gesagt, daß sie nichts
Besonderes angezogen hat. Das mag
stimmen. Aber wenn diese gewöhnlichen
Sachen etwas so Besonderes wie sie
verhüllen, dann werden sie automatisch
besonders. Sie war wirklich wunderschön,
in ganz einfachen Klamotten.
Genauso schön ist der Nachmittag mit Ihr.

Leider wie immer, ist er viel zu kurz.
Gleich danach düse ich mal wieder zum
Zumba. Diesmal läuft es schon besser.
Allerdings waren wir nur sechs Leute. Ich
hoffe, daß der Kurs bestehen bleibt.
Danach bin ich total aufgedreht. Die Mails
die Netty und ich uns dann schicken, sind
wieder mal super geil.
Netty, danke für diesen tollen Tag. Dafür
nehme ich gerne wieder Urlaub.

Der, nächste Tag beginnt so geil, wie der
letzte endete.
Ich erwache und die Sonne strahlt. Ich bin
so voller Elan und die Morgenluft ist so
schön. Ich könnte platzen vor Freude. Als
ich zum Becker fahre läuft Loona mit
Mamboleo, schrecklichste Popmusik, aber
so rhythmisch, wie Zumba.
Den Bäcker habe ich so freundlich gegrüßt,
daß er fast Angst bekam. Wenn seine
Tochter und seine Frau nicht im Laden
gestanden hätten, hätte er bestimmt eine
brutal anzügliche Bemerkung gemacht. Wir
haben zehn Minuten nur blöde Witze
gemacht.
Auch der Rückweg ist super.
Der erste Dämpfer kommt zum Frühstück.
Ungefähr in fünfzehn Minuten kommt eine
Freundin von Nicci und Leni zu Besuch.
Und von da an ist den ganzen Tag
Zickenkrieg mit vier Zicken!
Echt Klasse. Und bei der Hundskälte
kommt man nicht raus.
Aber da gibt es einen Lichtblick. Netty

schreibt wie eine Wilde eine Nachricht nach der anderen.

Am Abend, habe ich das Gefühl, den ganzen Tag mit ihr verbracht zu haben. Das ist komisch. Aber auch irgendwie schön. Es war schön, den ganzen Tag mit ihr zusammen zu sein, ihr aber nicht helfen zu müssen beim Saubermachen!

Nun lehne ich mich entspannt, mit der obligatorischen Pfeife im Mund, zurück und schaue den Rest des Abends Hessischen Rundfunk. Da gibt's seit einiger Zeit immer einen langen Krimi – Samstag. Ab zehn Uhr abends einen schönen (alten) „Tatort" und dann die „Kommissarin", einen Vorabend – Krimi aus der frühen Zeit mit Til Schweiger. Super Klasse! Na und dann kommt noch ein Polizeiruf aus DDR – Zeiten. Das ist irgendwie Kult. Seit dem es mir so Scheiße geht, sehe ich das regelmäßig. Mit dem obligatorischen Whiskey und ungezählten Pfeifen, könnte ich bei diesem Programm ganze Tage verbringen.

Der heutige Tag könnte eigentlich ganz gemütlich werden.

Er startet auf jeden Fall traumhaft. Ich habe recht lange geschlafen. Vermutlich, weil ich nicht in der Nacht mit der Traumfrau beschäftigt war.

Nach dem Frühstück verschwindet das 3er Terrorkommando relativ schnell nach Neuruppin. Dort verbringen sie mit Oma und Opa von Hermines Seite den

Kindertag.
Da ich mit ihrer Mutter fertig bin, bleibe ich
zu Hause. Ich habe schon immer das
zweifelhafte Vergnügen zu meinen Eltern
fahren zu dürfen.
Hermine fährt natürlich nicht, ohne mir den
Tag mit einem Arbeitsauftrag zu versüßen.
Glücklicherweise habe ich eh vor im Garten
zu arbeiten. Also kümmere ich mich nicht
um den Rasen und das Mulchen.
Stattdessen verbreitere ich das Blumenbeet
am Zaun zur Straße. Das Ganze ist im
Windschatten, also kann ich sogar oben
ohne arbeiten. Das ist richtig schön.
Nebenbei lasse ich mich von meiner
„personal Therapeutin" therapieren.
Leider verkündet sie mir, daß es jetzt
Entwöhnung heißt. Sie will sich mehr ihrem
Mann widmen. Und mir tut es doch auch
nicht gut. Ich bin durch sie blockiert, mir
etwas Neues zu suchen. So, oder so ähnlich
sind die Argumente. Wahrscheinlich nimmt
sie mir übel, daß ich mich um eine
diplomierte Therapeutin bemüht habe. Naja,
es war wohl eher so, daß es ihr mal wieder
zu schön war. Aber warum soll ich mir
jemand suchen? Merkt sie nicht, daß ich
schon jemand gefunden habe???
Ich werde damit leben müssen. Und sie
auch. Ich lasse nämlich nicht gleich locker!
Was wird denn das wieder für eine Scheiße?
Irgendwie fühle ich mich an die Zeiten mit
Ulli erinnert. Eine wirklich sehr hübsche
Frau, zu der ich vor über 15 Jahren eine
Beziehung unterhielt. Leider nur eine

platonische. Allerdings war ich mir da manchmal selbst nicht sicher, was das nun genau ist. Eigentlich habe ich auf sowas keinen Bock mehr. Ich will endlich mal wieder richtig ungehemmt Sex haben und nicht immer dieses Rumgeiere.

Jetzt verdaue ich den ersten Schmerz mit einem Bad, also eigentlich nur duschen, nachdem das Beet fertig ist.

Dann ein Käffchen und als die Familie wieder da ist, mache ich schnell ein Schläfchen.

So kann man sich den Tag fast gefallen lassen.

Da ich mir frischen Quark bereitet habe, schmiere ich als nächstes fast ein ganzes Brot Stullen. Damit geht es zum Abendbrot und Baden ins Bad runter.

Nun liegen alle, außer mir im Bett und ich genieße die Ruhe, eine Pfeife und einen guten Schweizer Single Malt.

Ist das geil. Wie gesagt, es fehlt nur noch eine willige Frau. Aber ist Netty willig? Ich habe da gerade so meine Zweifel.

Leider trage ich das Thema mit mir herum! Nach einer furchtbaren Nacht, natürlich wieder wegen einer Frau, geht es um vier Uhr dreißig wieder viel zu zeitig raus.

Ich bin zeitig in der Firma und schleppe mich bis zum Mittag mit lauter kleinem Kram durch den Tag. Nichts wo man sich warm arbeiten kann. Scheiße!

Netty ist beim Zahnarzt. Die paar Minuten wo sie Zeit zum Mailen hatte, habe ich

versemmelt, weil ich früh zu blöd war, die
richtige eMail – Adresse zu nehmen.
Um zwölf geht's mit Hans nach Emshorn.
Den Ort den keiner kennt, aber jeder
fürchtet!
Dort beginnt um fünfzehn Uhr ein Meeting.
Kurz vorher treffen wir uns noch mit Andy
und Rollo, Kollegen aus einem alten
Projekt.
Dann kommt ein schöner Meeting –
Marathon. Bis abends dreiviertel sieben
hocken wir da und spielen Bullshit –
Bingo!!! Also wir haben ein total sinnloses
Meeting bei dem man aber nicht schlafen
darf. Glücklicherweise bekomme ich dafür
Geld.
Auf der Fahrt zum Hotel klingelt das
Telefon von Hans.
Prima. Eilauftrag. In wenigen Tagen gibt es
eine Testfahrt. Gleich bekomme ich die
Aufgabe, doch schnell mal die Testfahrt zu
entwerfen. Vier Tage. Termin sofort.
SOFORT!
Also gehe ich, völlig fertig aufs Zimmer
und schlafe zehn Minuten. Das Meeting hat
mich total ausgeknockt.
Statt Fitness – Center verschwinde ich dann
ins Restaurant und fange an zu arbeiten, ….
Was eine Scheiße!
Bis Hans kommt. Dann werten wir das
Meeting aus. Vorher stelle ich ihm aber
noch die Route für die Fahrt in zwei
Wochen vor. Er ist begeistert.
Und langsam wendet sich das Blatt.
Während er anfängt, darüber zu

philosophieren, wie ich evtl. mitfahren
könnte, kommt das erste Bier, das er
spendiert, für meine schnelle, exzellente
Arbeit.
Und noch vor dem Essen, kommt unser
Abteilungsleiter Walter. Kaum sitzt er am
Tisch hat er schon mitbekommen, was Hans
vorhat. Und er trifft sofort eine
Entscheidung. Jawohl, ich begleite Hans. Er
wird sich mit meinem Projektleiter
abstimmen. Das Geld steht noch vor dem
zweiten Bier zur Verfügung.
Super! Dann war die Mühe mit der Route
nicht umsonst. Manchmal ist es richtig
schön, mit diesen Männern zusammen zu
arbeiten. Nun beenden wir aber endlich das
Dienstliche.
Mit Walter haben wir einen schönen Abend.
Auch die Reha und meine Zeit davor
kommen nochmal ausführlich zur Sprache.
Das tut dem Abend aber garkeinen
Abbruch, denn die Atmosphäre ist total
entspannt und bei Walter ist auch ehrliches
Interesse zu spüren. Als wir auf die Zimmer
gehen freue ich mich schon auf die Fahrt in
zwei Wochen. Da haben wir solche
intensiven Abende dann drei Tage lang. Ich
liebe diesen Job! – Manchmal.

Der nächste Tag beginnt so hart, wie der
letzte endete.
Gegen sechs Uhr beginnt er. Wir sind in
einem Wellness – Hotel, also gibt's
Frühsport. Dann schnell noch einen
Morgengruß an die Liebe „daheim" und es

geht essen.
Bereits gegen acht fahren wir los. Auf
direktem Weg gen Heimat. Als wir dort
sind, muß ich mich unheimlich beeilen. Es
gibt da jemand, der glaube ich sehr wartet.
Und richtig, kaum daß die erste Mail
abgeschickt ist, kommt auch schon Netty's
Antwort. Ach ist das schön, wieder in Ihrer
Nähe zu sein! Und sofort setzt das Übliche
hin und her ein.
Und dann finde ich die Grußkarte von
gestern Abend.
Ach meine kleine Prinzessin, hast Du Dir
eine Mühe gemacht. So ein lieber Text.
Nach einem so langen, harten, langweiligen
Montag. Meine kurzen Schüttelreime
verblassen dagegen. Ich bin wirklich
gerührt. Hätte ich diese Mail gestern noch
gelesen, wäre der Tage endgültig gerettet
gewesen. So geht heute mitten am Tag bei
mir im Büro die Sonne auf. Danke, für
diese Freude. Hans verdreht inzwischen die
Augen. Meine sau – gute Laune, wenn ich
mit Netty verkehre, hält er schon langsam
nicht mehr aus. Da muß er sich wohl dran
gewöhnen.
Nach diesem angenehmen Willkommen,
darf ich noch schnell die Fehler, die wir auf
der Fahrt sahen, in eine Fehlerliste
einbauen.
Während ich das tue, höre ich, wie Wiebke
ihrem Chef vor meinem Büro erzählt, was
sie letzte Woche in ihrem Urlaub gemacht
hat. Sie ist bei ihrem Freund /
Lebensgefährten ausgezogen! Und dann

erzählt sie noch, wie lange der Ärger schon
ging und viel mehr, …!
Naja, morgen gibt's erst mal frische
Erdbeeren, damit sie auf andere Gedanken
kommt!
Und dann kommt eine Mail, die mir den
Telefonhörer in die Hand legt.
Was ist das schön, mit Netty zu
telefonieren.
Leider muß ich aufhören, weil für uns beide
der Feierabend ruft. Aber morgen ab sechs
geht's weiter!
Zu Hause mixe ich mir dann einen Salat
aber mit dem ist irgendwas faul gewesen.
Jedenfalls habe ich jetzt Magen – Sausen.
Davon lasse ich mich aber nicht
unterkriegen. Ich schreibe natürlich noch
schöne Mails mit Netty und versüße mir,
und ihr? so den Abend.

Heute gibt es einen Schock am Morgen.
Der Tag beginnt mit der Schafskälte, mit
- 1,5°C!! Bei offenem Tomatenzelt!
Scheißßße!
Also Tomaten gibt's dieses Jahr nicht.
Dafür nehme ich die ersten Erdbeeren mit
in die Firma. Paula, Wiebke und Hans
freuen sich tierisch.
Anfangs kann ich schön mit Netty SMSsen,
mailen und telefonieren. Irgendwann will
sie aber nicht mehr.
Nun dann muß ich eben arbeiten.
Langweiliges Zeug, Abrechnungen machen,
Reisen beantragen und, oh viel besser! mit
Paula schwatzen.

Um vierzehn Uhr fahre ich zum
Einzelgespräch mit meiner
Gruppentherapeutin.
Eine Stunde schüttelt sie ungläubig den
Kopf. Sie ist erstaunt, wie lange ich das
ausgehalten habe. Mit der Bemerkung, wir
müssen leider zum Ende kommen, obwohl
es unglaublich und wirklich spannend ist,
leitet sie in die Gruppensitzung über.
Hier erzählt jemand eine Stunde seine
komplette Leidensgeschichte.
Oh Scheiße und ich dachte mir wurde übel
mitgespielt! Harter Stoff!
Auf dem Weg zurück meldet sich der
Magen.
Zu Hause ist natürlich nix fertig. Es ist
keiner da. Wo sie sind weiß ich auch nicht.
So liebe ich das. Also mache ich mir mit
einer Stinklaune selber was.
Aber dann, nach zwei SMSsen klingelt
plötzlich das Telefon. Ja wie geil ist das
denn?
Netty ist dran!!! Und plötzlich ist die
schlechte Laune weg. Sie ist genau das was
fehlt, wenn man mal durchhängt.
Aber im Nu sind die drei Chaoten wieder da
und eine halbe Stunde mit Netty ist um. Sie
hat es trotzdem geschafft mich zu
beruhigen, so daß mein Abend doch noch
angenehm, obwohl einsam war.

Oh, das wird heute wohl nicht doll.
Der Tag beginnt nach einer sehr ruhigen
Nacht, ganz vorsichtig mit Sonne, Ruhe,
Vogelkrach und frischer Luft.

Nach einem Frühstück und ein paar sehr
schönen SMSsen geht es mit hartem
Abschied nach Leipzig.
Ganz gemütlich „fliege" ich gen Süden.
Bereits um neun bin ich da. Somit habe ich
noch Zeit, dort vor Ort etwas zu arbeiten
und mit ein paar Mails mit Netty zu
shakern.
Um zehn Uhr ist mein Termin. Es dauert
aber ungefähr nur zehn Minuten!
Dann kann ich wieder zurückfahren. Jawohl
vier Stunden Fahrt für zehn Minuten
Besuch beim Kunden! Ich werde diese
Prioritätenverteilung nie verstehen. Das
wäre per Kurier gegangen.
Auf dem Rückweg schreibe ich Netty
fleißig SMSsen. Dazu muß ich natürlich auf
jedem Parkplatz anhalten. Dabei finde ich
sehr schöne Fehler! Da wird man sich in der
Entwicklung aber „freuen". „Des Einen
Freud, des Anderen Leid", kann ich da die
Klassiker nur zitieren!
Kurz vor meiner Ankunft in Berlin
verquatscht sich Netty mit der ich
mittlerweile telefoniere. Dann geht es
plötzlich Schlag auf Schlag.
Mit Hilfe des Wetters – es regnet, also will
sie nicht mehr in den Garten –, sind wir auf
einmal in den Berg – Hallen verabredet.
Wie abgefahren ist das denn!
Also schnell weg vom SeenCenter und
stattdessen im Rewe in den Berg – Hallen
einkaufen. Ich habe einen guten Vorsprung.
Somit ist der Einkauf erledigt, als Netty auf
der Bildfläche erscheint.

Das ist super, denn so können wir uns in
Ruhe Netty's Sachen widmen.
Zugegeben. Der Rock den ich aussuche, ist
zu kurz und es sieht nicht wirklich gut aus.
Aber die Beine sind wunderschön
anzusehen. Da können mir die Topmodels
gestohlen bleiben!
Aber das Oberteil ist super geil, genau wie
das T-Shirt für ihre Nichte. Daß hätte ihr
auch prima gestanden, es gab aber nur noch
eins! Leider muß Netty irgendwann zum
Tanzen. Ich hätte es sonst bestimmt noch
geschafft, einen anderen Rock zu kaufen.
Beim nächsten Mal Netty.
Nun muß ich zurück. Scheiße, ist die
Autobahn jetzt voll, aber es geht gut voran
bis zum Bäcker. Von dort eile ich schnell
nach Hause. Ich muss kurz duschen und
dann essen. Um neunzehn Uhr habe ich
noch eine Massage.
War das schön. Ich bin nach der halben
Stunde so beduselt, ich kann kaum
aufstehen.
Auf dem Rückweg mache ich noch das
Auto klar, dann habe ich den Ärger morgen
nicht.
Alles in allem war das heute, ein Super –
Tag, wenn man sich überlegt, daß ich
dachte, nach den paar Nachrichten am
frühen Morgen, hören Netty und ich heute
gar nichts mehr voneinander. Da fehlen mir
einfach die Worte zu beschreiben wie das
war, als wir uns gegenüberstanden!
Danke für diesen wunderbaren, tollen Tag.

Doch schon 2 Tage später erwartet mich
heute wieder ein trauriger Tag. Ich werde
ganz alleine sein. Netty ist bei einem
Geburtstag.
Gestern war ich schon ab dem Nachmittag
passe. Heute wird es genauso werden.
Ja, die Sonne scheint, die Luft ist schön,
aber ohne Netty???
Doch schon während des Frühstücks
kommt eine halbwegs fröhliche Nachricht,
mit einer doch recht brisanten, intimen
Frage. Als ich sie ihr, völlig überraschend,
beantworte, ergibt sich plötzlich ein SMS –
Gespräch, welches sich dann doch über den
ganzen Vormittag erstreckt. Es gipfelt in
einem Telefonat, welches mich dann vom
Mittagsschlaf abhält.
Danach bin ich aber bester Laune, viele
Probleme sind erörtert und blöde
Bemerkungen gemacht. Ich hoffe Netty, Dir
geht es genauso.
Natürlich habe ich draußen, im Garten,
trotzdem noch die Welt gerettet.
Der Parkplatz mußte mal wieder gemäht
werden. So, daß man, auch nach einem
Regen, trockenen Fußes ins Auto kommt.
Der Garten wurde etwas aufgeräumt.
Das Ganze endete dann natürlich in einem
schönen Bad.
Das Telefonat vom Mittag muß aber sehr
anregend gewesen sein. Bekomme ich doch
plötzlich eine SMS vom Klo! Wie geil ist
das denn?
Heimlich schreibt mir meine Netty!
Ja und das dann in regelmäßigen

Abständen.
Nun wird es plötzlich schwierig den Salat
für den Abend zu zubereiten, denn ich muß
ja aufs Telefon aufpassen. Und es hört und
hört nicht auf.
Plötzlich bin ich auf dem Geburtstag! Naja
nicht ganz, aber gefühlt.
Das hat sie ja wieder super hinbekommen.
Der Tag macht plötzlich riesen Spaß.
So lass ich's mir mit ihr doch fast gefallen!

Dafür wird es wohl heute ein ganz ruhiger
Tag.
Obwohl, ganz normal auch nicht. Hermine
hat heute ein Rendezvous, mit einer Neuen.
Schauen wir doch mal, wann sie auszieht.
Das Ganze habe ich heute früh erfahren.
Beim Frühstück. Wir haben mal ein
bisschen miteinander geredet. Ich habe mal
wieder klarstellen müssen, das Netty und
ich nicht heiraten werden, da sich ihr Mann
hartnäckig weigert den Trauzeugen zu
machen.
Vielleicht versteht Hermine es diesmal.
Also mal ganz ehrlich. Netty ist eine
wirklich scharfe, begehrenswerte Frau.
Aber eben verheiratet. Sie will sich nicht
trennen, sondern zu Hause etwas zum
Positiven ändern. Ich will sie dabei
unterstützen. Aber auch da sein, wenn sie
jemanden braucht, der sie hält und auffängt.
Was sich daraus dann ergibt, werden wir
vielleicht erleben. Feste Absichten habe ich
nicht. Rede ich mir und ihr immer ein. Naja
egal, nicht umsonst sitze ich fast jeden

Abend chattend bei eDating.

Hermine erzählte jetzt, daß ihre aktuelle
Freundin, wegen der ich Netty neulich
besuchen „mußte", jetzt doch nicht mehr in
Frage kommt. Dafür trifft sie sich heute mit
einer 30jährigen aus Lichtenburg.

Nach dem Frühstück lege ich dann die
Blumenwiesen an und mache das Heu
fertig. Ich mache noch einen Haufen
anderen Kleinkram im Garten, dann hat die
Dame es endlich geschafft, aus Resten in
zwei Stunden das Mittagessen zu zaubern.
Naja, glücklicherweise schmeckt
Tomatensauce aufgewärmt ja noch besser
als frisch.

Nach dem Essen mache ich mich dann
richtig schön schick und teste ein bisschen.
Zu halb zwei hole ich mit dem
Streifenwagen Mel mit ihrem Sohn ab. Für
den ist das natürlich das Highlight des
Tages.

Als wir zu Hause ankommen verschwindet
Hermine.

Mel und ich machen es uns in der Küche
gemütlich. Die Kids verunsichern den
gesamten Hof.

Wir plauschen schön über die Reha,
während ich den Tomatensalat bereite. Den
verschlingt Mel dann mit Vergnügen. In der
Zwischenzeit versuche ich unauffällig mit
Netty zu chatten.

Gegen sechs Uhr abends kommt Hermine
zurück. Damit ist das traute Zusammensein
zu Ende und ich bringe Mel mit Kind
wieder nach Hause.

Als ich zurückkomme, sitzt Hermine
natürlich am PC und die Kiddies machen,
was sie wollen. OK, dann bringe ich sie halt
ins Bett. Als ich sie fast im Bett habe,
kommt Hermine dann doch noch dazu.
Aber sie will keine Gute Nacht wünschen.
Nein, sie will nur feststellen, daß die Kinder
auf jeden Fall duschen müssen. Waschen
reicht auf garkeinen Fall! Schön, also
wieder Kommando zurück. Raus aus den
Betten und beim Duschen wieder richtig
munter machen. Sie hat schon was drauf!
Naja, mittlerweile sind sie ruhig und sie hat
sich auch ins Bett gelegt. Somit ist der
Abend für mich gerettet.
Ich hole den Tullamore aus dem Schrank
und stopfe genüsslich, voller Vorfreude, die
Pfeife. Während ich mich ihr dann hingebe,
schreibe ich noch ein paar schöne Mails mit
Netty. Der Abend bekommt so doch noch
seine wunderschönen Seiten. Schön im
doppelten Sinne!

Und schon wieder geht der nächste Tag
richtig verschroben los.
Um drei Uhr werde ich wach. Netty hat
mich ein bisschen beschäftigt. Oder besser
der Dienstag. Nach einiger Zeit kann ich
endlich wieder einschlafen.
Erst der dritte Wecker – Van Helen – Jump
– schafft es, mich aus den Träumen zu
reißen. Dann liege ich noch Minuten wie im
Wachkoma.
Damit ist der Tag dann schon ein bisschen
gelaufen. Ich hasse so etwas. Ich komme

nicht vorwärts. Ich bringe die Kinder in die
Schule, tanke noch und hin und her.
Jedenfalls bin ich erst um neun Uhr dreißig
in der Firma.
Dort erwartet mich fürchterlicher
Kleckerkram, den man nicht wirklich haben
will. Man kommt nicht vorwärts, schafft
nichts und ist frustriert.
Ein kleiner Lichtblick ist Wiebke, sie
kommt wegen der Erdbeeren vorbei. Aber
von zehn Minuten schöne Frau kann Mann
nicht den ganzen Tag leben.
Und meine Paula meldet sich auch nicht.
Was für ein übler Tag.
Dann, Netty meldet sich. Aber irgendwie
geht's nicht. Wir finden keinen Nenner. Es
ist wie verhext. Wir verstehen uns heute
nicht.
Ich mache Feierabend. Ich antworte ihr
auch nicht mehr. Es macht heute keinen
Sinn. Dann eine komische SMS mit
Anrufen und hin und her. Ich halte an, es
reicht. Ich schicke eine letzte trotzige SMS.
Dann reicht es mir. Ich schalte das Telefon
aus.
Aber die Rechnung ist ohne die Wirtin,
Netty, gemacht. Sie ruft auf der
Dienstnummer an. Die ist umgeleitet auf
das Diensthandy. Und dieses läuft auf dem
ausgeschalteten Privathandy auf.
Ätsch. Ruhe!
Aber denkste! Im Auto ist ein Diensthandy
fest installiert und somit spricht Netty doch
plötzlich mit mir!?
Und sie ist eine so süße, kleine Hexe. Jedes

Wort geht tiefer ins Ohr, erreicht mein Hirn
mehr und mehr, geht bis ins Herz (und in
die Hose) und dann passiert es.
Ich komme im SeenCenter an und stehe
wieder einmal ewig in der Tiefgarage und
telefoniere mit ihr. Und es wird immer
schöner. Netty, am Ende des Telefonates,
bin ich wieder richtig gut drauf. Selbst, daß
es die Klamotten, die ich kaufen wollte
nicht gab, kann mir nichts mehr anhaben.
Ich fahre nach Hause.
Hier rennen fünf (in Worten 5) Kinder und
die Haushaltshilfe rum. Ich lege mich hin
und gut. Noch eine nette SMS von Netty
und ich kann schlafen. Meine Psycho –
Tante meldet sich noch, meine Therapie
kann nächste Woche starten.
Um sechs abends werde ich wach und lese
von Netty unangenehme Sachen. Man, es
tut mir so leid, diesen Ärger lesen zu
müssen. Ich versuche, sie aufzurichten und
ihr Hilfe anzubieten. Ob es mir gelungen
ist, weiß ich nicht. Sie hat ja noch Sport und
meldet sich nicht mehr. Ich hoffe sie baut
dort den Frust ab.
Ich bin gespannt ob sie sich noch per Mail
meldet. Gerne wäre ich für sie da. In jeder
Hinsicht. In den Arm nehmen, streicheln,
schmusen, küssen, …
So wie sie mich braucht. Naja, vielleicht
hält sie es bis morgen aus.
Ich freue mich schon sehr auf morgen.

Schlechter Anfang, toller Tag!
Nach dem sie gestern Abend so viel Ärger

hatte, geht es Netty heute früh immer noch
nicht richtig gut. Es regnet wie aus Eimern.
Ihre SMSsen sind nicht wirklich froh.
Ich habe da mehr Glück. Ich kann heute
gleich wieder früh mit Otto & friends
Kaffee trinken. Was ist das schön. Bereits
früh um sechs Uhr dreißig haben wir
Bauchmuskelkater vom Lachen und um
sieben den ersten Koffeinschock. Da
verfliegen die schlechten Gedanken. Und
wenn noch welche da sind, hier werden
Tötungsfantasien im Detail auf ihre
Machbarkeit geprüft. Hier gibt es keine
Tabus! Aber im Laufe des Tages wendet
sich das Blatt.
Mit der Kraft dieses fröhlichen Chaos
gelingt es mir, Netty langsam wieder
Freude einzuhauchen. In sie spritzen darf
ich ja nicht, obwohl ich oft das Gefühl
habe, genau das fehlt ihr.
Ich quäle mich mühevoll durch den Tag.
Bereite ein Meeting vor und fiebere dem
Feierabend entgegen.
Dieses Fieber wird unterbrochen durch eine
Paketsendung.
Es ist ein neues Oberteil für Netty drin und
ein neues Hemd für mich. Ja, das T-Shirt,
welches es neulich nicht mehr für sie gab.
Also schnell das T-Shirt verpacken.
Dann werden noch die Autos etwas
präpariert und nun ab ins Meeting.
Danach heißt es für mich ins neue Hemd
schlüpfen und dann ab ins Auto um zur
Schönen am Fließ (sie wohnt an einem
kleinen Bächlein) zu fahren.

Dienstlich drehe ich noch eine Runde und
bin dann relativ pünktlich da.
Ach Netty, in was für einem süßen Kleid
empfängst Du mich da! Leider ist der Tisch
schon gedeckt. Diese geilen Klamotten!
Diese geile Frau! Einen ewig langen
Moment kann ich nur daran denken, wie es
wäre, sie auf den Tisch zu heben, das Kleid
hochzuschieben und den Slip
herunterzureißen, um dann lange und
kraftvoll ihre Weiblichkeit zu genießen, um
sie voll zu nehmen. Das muß ein
unglaublicher Genuss sein ihre zarten
Brüste abwechselnd sanft und fest in die
Hand zu nehmen. An ihren Knospen zu
knabbern. Den Mann langsam, immer
schneller werdend in ihre sehr pralle Frau
zu versenken. Sich von ihr umschließen
lassen und den vermutlich sehr schwachen
Widerstand mit ein paar zärtlichen Küssen
zu brechen. Eigentlich schreit sie danach.
Aber ich bin ein feiges Schwein. Ich traue
mich natürlich nicht, wie es jeder echte Kerl
getan hätte, die Situation auszunutzen. Ich
bin ein Schwein. Dass ich solche Gedanken
in Anwesenheit einer solchen Frau
überhaupt habe. Obwohl, gerade in
Anwesenheit einer solchen Frau, wann
sonst?! – Ruhe jetzt, ihr schlimmen
Gedanken!
Es ist auch wunderbar mit ihr zu reden, rede
ich Vollidiot mir ein.
Netty, wie schaffst Du es, mir so viel
Vertrauen entgegen zu bringen? - frage ich
mich den ganzen Nachmittag.

Oder willst Du es, Du süße Hexe?
Scheiße, daß wird hier wie bei Ulli! Ich
verpasse abermals das Weib meines Lebens
weil ich mich nicht traue.
Wir reden also mal wieder über Gott und
die Welt und welche Probleme sie hat.
Leider gelingt es mir nicht, ihr die Lösung
dieser Probleme in meiner Hose näher zu
bringen.
Ach diese Geilheit.
Natürlich ist es auch immer wieder sehr
schön sie persönlich zu erleben. In meiner
jetzigen Situation ist immer noch
unübertroffen das Schönste. Sie ist die
Schönste.
Ich darf gar nicht daran denken, wie lange
wir uns jetzt nicht sehen werden, …!
Nach Hause ging es wie immer viel zu früh
aber sehr schnell. Hier verschwinden alle
schnell im Bett, außer mir.
Bevor ich, nur mit meiner Hand, die
Situation heute Nachmittag nochmal neu
erlebe, nehme mir lieber erneut den
Psychofragebogen vor.
Man was die Psychotherapeutin alles
wissen will. Das weiß ich doch selber nicht!
Aber der Whiskey hilft. Nach dem zweiten
doppelten, tauchen am Horizont Antworten
auf. Ich fürchte bloß, ich kann ihr nüchtern
nicht mehr erklären, wie ich darauf
gekommen bin.

Es ist mal wieder Mittwoch. Aber
glücklicherweise ist der heute nicht so lang
wie die letzten Wochen. Die Gruppe fällt

aus. Super. Es geht nachher gleich um drei
nach Hause.
Der Tag plätschert so vor sich hin. Ein paar
Mails und SMSsen aber nichts Besonderes.
Auch die Arbeit ist ruhig.
Plötzlich DIE Mail. Es ist ein Kinderbett
verfügbar. Kostenlos, aber Abholung sofort.
Sofort gibt es ein riesen Hin und Her, wie
es sich am besten transportieren lässt. Was
ein Glück, daß Netty das nicht
mitbekommen hat! Sonst heißt es wieder,
ich mache das nur, um sie zu sehen. Es
stimmt nämlich nicht. Ist aber ein
verdammt großer Antrieb.
Irgendwann gibt mir Otto seinen Bus.
Damit sind alle Probleme gelöst. Naja, nicht
alle. Netty hatte mir ein super liebes
Angebot gemacht. Sie wollte mir nicht nur
helfen. Sie wollte, falls nötig, die Sachen
mit mir zu mir nach Hause bringen. Einfach
so. Als sie es vorgeschlagen hat, blieb mir
die Spucke weg. Ein so großzügiges
Angebot. Einfach so. Sie ist so gut zu mir.
Habe ich das wirklich verdient? Ich bin
wirklich dankbar. Sie zu sehen fiel dann mit
Otto's Bus leider aus. Scheiße! Äh, danke
Otto, für den Bus.
Die ganze Sache hat aber noch einen
Pferdefuß. Ich muß bis achtzehn Uhr
warten Das heißt um fünf in der Firma
losfahren. Von fünf Uhr dreißig bis
siebzehn Uhr in der Firma. Das ist hart. Ich
muß einen Mittagsschlaf machen.
Das hat ganz gut geholfen. Ich kann das
Bett dann sogar etwas zeitiger Abholen.

Alle fassen mit an. Eine sehr nette Familie.
Zu Hause ist natürlich nichts vorbereitet.
Ich darf alles alleine ausladen und
einräumen. Wenn man jemanden hat, der
einen so versteht und unterstützt, …! In
solchen Momenten kotzt Hermine mich
einfach nur maßlos an.
Aufgebaut wird es aber nicht mehr, ich
habe mir heute den Arsch schon genug für
nix aufgerissen.

Was wird das wieder für ein Donnerstag.
Gestern hatte Netty mir noch angeboten ein
paar neue Decken für Nicci bei ihr im Büro
abzuholen. Ich war hin und her gerissen.
Natürlich sehe ich sie gerne. Etwas von ihr
(kostenlos) zu bekommen ist super. Aber
erst nach fünfzehn Uhr und dann soweit
vom eigentlichen Heimweg, …! Was ist das
für ein harter Gewissenskonflikt.
Schließlich siegt dann doch die Geilheit!
Ich entscheide mich für sie und schon wird
aus dem Donnerstag wieder so ein Mega –
Tag.
Der Tag wird beherrscht von einer Telko.
anderthalb Stunden in Englisch, nicht so
schön. Und dann kommt wieder Netty die
süße Fee um die Ecke. Ich schreibe, daß ich
mich nach der Telko endlich wieder deutsch
unterhalten möchte und meinte eine SMS.
Doch sofort ist sie am Telefon und ihre
liebliche Stimme verwöhnt mein Ohr. Das
tut so gut. Danke.
Nun steht die schwere Frage im Raum,
wann fahre ich zu ihr? Gleich zu drei, oder

erst zu achtzehn Uhr? Ich versuche die
Mitte zu finden. Um drei fahre ich los. Und
erreiche sie gut fünfundvierzig Minuten
später.
Man ist das schön bei ihr. Sie trägt eine
enge Jeans und zufällig die neue, rote
Bluse. Sie sieht einfach Hammer aus.
Es ist ruhig in ihrem Büro und wir können
uns in aller Ruhe zwei Stunden unterhalten,
dann werde ich „hinausgebeten". Sie hat ja
Recht.
Ich lasse mir das Bett geben und fahre von
dannen.
Zu Hause wartet noch ein Stapel Bretter,
aus dem noch ein Bett werden soll. Ich bin
mir sicher, die selbstständige, emanzipierte
Frau, die noch bei mir wohnt, hat
diesbezüglich noch keinen Handschlag
gemacht.
Letztendlich vertage ich den Aufbau noch
um zwei Tage. Ich bin zu spät dran heute,
denn Hermine hatte natürlich nix gemacht.
Es ist manchmal ätzend, jemanden so gut zu
kennen.

Das wird heute ein Scheiß Tag. Gab es doch
den ganzen gestrigen Tag Probleme mit
meiner „Therapeutin".
Ich versuche es mit einem zurückhaltenden
Morgengruß. Eine Antwort wird es wohl
nicht geben.
Und dann, nach einer Stunde meldet sie
sich doch. Es klingt nicht gut, aber es
entspinnt sich ein Dialog, der immer mehr
zunimmt und immer schöner wird.

Nachmittags verschwinde ich in der Wanne. Und plötzlich bekomme ich einen Anruf. Na, so macht das Baden Spaß. Nach einer halben Stunde wird das Telefon wegen Strommangel gewechselt und nach anderthalb Stunden steige ich endlich langsam aus dem Wasser. Nochmal fünfzehn Minuten und dann ist das Telefonat, leider, vorbei. Sie hat eine unvergleichliche Art. Nach einem Problem, hat sie mich hier wieder in dermaßen Stimmung gebracht, ja eigentlich scharf gemacht. Wie diese Frauen das immer wieder schaffen. Wenn man ihnen gegenübersteht, immer distanziert und kühl genug, damit Mann den Abstand wahrt. Am Telefon dann aber so offen, daß ich nicht weiß ob sie nicht wirklich nackt dabei ist! Glücklicherweise war viel Schaum in der Wanne und man hat nicht gesehen wie sehr sie mich angetörnt hat.

Es war mehr als schön, geradezu geil, nach dem gestrigen trüben Tag und dem miesen Morgen heute, wieder so scharf mit Netty zu telefonieren. Sie klang wieder froh und lebendig. So wie ich sie kenne und sehr mag. Das bedeutet aber nicht, daß ich nichts von ihr wissen will, wenn sie sich nicht fühlt. Ich bedauere dann nur, ihr nicht nahe sein zu können.

Am Ende des Tages schreiben wir noch ein bisschen und dann kann jeder nachts seinen Frieden finden. Ich wieder nur mit Hilfe des Tullamore, da mich die Gedanken und die Geilheit sonst wieder die ganze Nacht

quälen.
Der Tag war wunderschön mit dieser
Wendung.
Danke meine Süße!

Heute ist der Tag deutlich schlechter.
Meine Therapeutin hat einen Brunch. Also
von da ist heute keine Aufheiterung zu
erwarten.
Hermine sitzt mit mir längere Zeit am
Frühstückstisch. Es wird ein bisschen
geredet.
Gegen zehn verziehe ich mich in die
Erdbeeren. Die müssen unbedingt sauber
gemacht werden. Ein gefährlicher Job.
Alles ist voller Brennnesseln. Aber so einen
harten Typ wie mich, den stört das nicht.
Was allerdings doch etwas widerlich ist, ist,
daß in jeder dritten Pflanze eine
Zebraspinne hockt. Die sind schon recht
groß. Nicht wirklich gefährlich aber
irgendwie eklig.
Gegen Mittag verschwinde ich im Haus um
Mittag zu kochen. Doch was ist das? Netty
meldet sich vom Geburtstag. Und nicht nur
einmal. Nein, es geht bis zum
Mittagsschlaf.
Madam hat ein Date, da stehen die Kids
und ich in der zweiten Reihe.
Nach dem Mittagsschläfchen mache ich bei
den Erdbeeren weiter.
Anschließend wird der obligatorische Salat
gezimmert und schon geht's ab zum
Sonntagsbad in die Wanne. Nach fünfzehn
bis zwanzig Minuten bekomme ich ein

„unmoralisches Angebot". Ich darf nackt
mit Netty telefonieren.
Nun, ein Sextelefonat in der Wanne das ist
richtig geil. Wie der Inhalt. Nur, nach
zweieinhalb Stunden bin selbst ich nicht
mehr in der Wanne. Aber immer noch am
Telefon! Netty, macht das einen Spaß, mit
Dir zu quatschen. Alles Mögliche,
verschiedenste Themen in allen Facetten.
Nachdem die Kinder im Bett sind, lasse ich
den Single Malt in das Glas frei. Mit der
Pfeife im Mundwinkel kann ich einen
wundervollen Tag Revue passieren lassen.
So schön, das hätte ich früh nie erwartet.
Danke süße Hexe.

Der letzte Tag vor der großen Fahrt.
Er beginnt mit ein paar SMSsen, ganz
harmlos.
Ich sitze im Büro und bereite die letzten
Sachen für die Tour vor.
Dann beginnt es. Netty's Antworten
kommen und es wird schnell anzüglich und
schlüpfrig. Sehr direkt schreiben wir uns
über geheime Wünsche. Ich schreibe
Sachen, die ich einer Frau nie sagen würde.
Während sie mir bestätigt, daß dies zu
erfüllen sehr viel Spaß macht.
Ist das Erfahrung? Ist das ein Angebot?
Und so geht das den ganzen Tag über.
Da macht das Arbeiten Spaß, wenn es
immer wieder so nett unterbrochen wird.
Selbst nach ihrem Besuch bei der
Psychologin ist sie noch gut drauf. So gut,
daß wir telefonieren. Ich will das nicht

beschreiben. Ich sage nur, so stelle ich mir
Telefonsex vor. Es war richtig geil.
Der Abend wird bei einem erneuten
Telefonat richtig Hammer, mit
rattenscharfem Kopfkino. Ich bin mir sehr
sicher, auch sie hatte sehr viel Spaßßß
dabei.
Wenn Mann solche Bilder auf eine Reise
mitnehmen kann, fällt ein Abschied leicht.

Das einzige, was mich dabei wieder betrübt,
ist, daß ich nicht deuten kann, was sie
wirklich will.
Will sie mit mir spielen? Will sie wirklich
mich? In sich spüren? Die Sachen die wir
uns mittlerweile sagen wirklich erleben?
Scheiße, sie ist so geil wie Ulli. Auch eine
Hammerfrau. So süß, so klug, alles was ich
will, und sie wickelt mich um den Finger
ohne daß ich mich wehren kann, ja so, daß
ich es noch als schon empfinde, ihr hilflos
ausgeliefert zu sein.
Übrigens eine sehr schöne Vorstellung.
Ich, ans Bett gefesselt, und sie beginnt ganz
langsam mit der Zunge mein Interesse für
sie zu erregen um mich nach endloser Pein
mit Lippen, zärtlichen Zähnen, Fingern und
der Zunge an verschiedenen männlichen
Stellen als ihr Lustspiel zu benutzen. Den
Rhythmus bestimmend, nimmt sie mich in
voller Größe und Härte ein und reitet uns in
den 7.Himmel der Wollust. Ach diese
selbstbewussten Frauen, die sich nehmen
was ihnen gefällt! Los nimm mich! Bitte,
bitte!

Wo ist meine Hand? Mmmh. Ich liebe Sie!
Diese Frau löst ungeahnte oder lange
verborgene Gefühle in mir aus.

Auf großer Fahrt

Nach drei Stunden Schlaf – nach diesem
aufregenden Telefonat kein Wunder – geht
es um fünf auf die Piste. Hans wird um
sechs Uhr von mir abgeholt und dann geht
es schnellstens ab gen Achenzeil. Eine
lange Tour liegt vor uns. Die ich
„alleine" meistern muß.
Doch glücklicherweise hält Netty es
genauso wenig ohne mich aus, wie ich ohne
sie. Und als ich Beifahrer bin, entspinnt
sich gleich wieder ein schöner Dialog.
Er hält an bis Lindau. Dann muß ich wieder
fahren und der Tag ist für sie und mich
quasi vorbei. Sie ist verabredet und ich
muss arbeiten.
Schade. Ein bisschen Aufmunterung täte
gut. Schließlich habe ich jetzt gut und gerne
zehn Stunden in einem Auto gesessen und
über 900km abgerissen!
So bleibt mir nachher nur die Kellnerin in
der Bar und zwei, drei Achenzeiler
Kräuterliköre.
Vorher versuche ich, mich beim Shoppen
abzulenken. Aber auch das macht heute
nicht so viel Spaß wie gewohnt.
Scheiße, sie ist verheiratet und darf mir
nicht so abgehen. Mit einem großen Loch
im Geldbeutel und reichlich Mitbringseln
finde ich mich wieder im Hotel ein. Hans
versucht, mir mit seiner reichlichen
Lebenserfahrung bei zu stehen. Er
wiederholt ständig den Satz „Das wird böse
enden." Danke Hans, das hat mir sehr

geholfen!!!

Als er erkennt, daß das nichts hilft, zieht er den " Reserveschirm". Wir beginnen mit dem einheimischen Bier und arbeiten uns über den regionalen Kräuterlikör zum örtlichen produzierten Whiskey vor. Das ist eine echte Hilfe. Danke Hans, Du bist ein wahrer Freund.

Als wir uns in der Bar erheben um den Abend zu beenden, merke ich, das wird morgen ein übler Tag. Aber heute kann ich ein bisschen schlafen. Ich bekomme nur noch mit, daß ich abends allein ins kuschelweiche Doppelbettchen falle. In einem ROMANTIK – Hotel! Was eine üble Ironie!

Netty, ich vermisse Dich! Ich will Dich hier! Ich will Dich hier vernaschen! Jetzt!

Wie erwartet wird der nächste Morgen übel und der Tag leider nicht besser. Aber auch die folgende Nacht ist fies. Und das lag nicht an dem guten Bier aus der Wirtshausbrauerei um die Ecke.

Ich war zwar zeitig – und vielleicht ein ganz klein wenig betrunken – im Bett, habe aber die halbe Nacht wach gelegen und überlegt, was mir die letzte, der wenigen SMSsen von Netty sagen sollte. Scheiße! Ich denke zu viel! Und das sogar mit Alkohol!

Am Morgen im Bad lese ich die SMS zum x. – ten Mal. Da steht ja ein „vielleicht". Das relativiert ja alles. Man fällt mir ein

Stein vom Herz. Vielleicht redet sie doch
noch mit mir, wenn ich wieder komme.
Ich antworte ihr. Mir unterlaufen in der
Aufregung einige Fehler. Ich korrigiere
diese in zwei weiteren Nachrichten.
Dann geht es für Hans und mich schon
wieder auf die Piste. Dort kommt bald der
nächste Hammer.
Ich habe sie mit meinen Texten zum
Weinen gebracht.
Mensch, das will ich doch nicht. Sie soll
wegen mir keinen Kummer, sondern Freude
haben. Ich würde sie so gerne in den Arm
nehmen und drücken. Also breche ich mit
dem „Schweigegelübde" gegenüber Hans.
Wir suchen uns einen Parkplatz. Ich muß
mit Netty telefonieren.
Danach geht es ihr besser, habe ich den
Eindruck. Ich hoffe es stimmt.
Sie wollte sehen, wie es ihr geht, ohne
mich. Dann war sie verwirrt, erschrocken
und enttäuscht, weil es nicht klappt, ohne
mich. Sie ist verheiratet und will die Ehe
retten. Aber ich fehle ihr mittlerweile
richtig. Da kann ich verstehen, daß sie ein
Problem damit hat. Sie hoffte auf ein
bisschen Abstand zwischen uns, während
der Tour. Das ging aber nicht. Sie suchte die
Schuld natürlich erst bei mir. Ich bin ja nur
ein scheiß Kerl. Aber im Grunde ihres
Herzens weiß sie auch, daß das nicht
geklappt hat, liegt auch an ihr. Oder Netty,
Du hast auch geschrieben, so wie heute???
Naja egal, jetzt geht es jedenfalls über
Landstraßen durch die Tschechei. Ein harter

Abschnitt. Viele Umleitungen. Der dritte
Tag ohne Mittag! Kurz vor achtzehn Uhr
sind wir endlich im Berghof. Fix und fertig.
Wir stellen den Wagen in die bestellte
Garage und entern kurz die Zimmer. Ach ist
das schön, wenn man in einer Herberge
bekannt ist.
Das beim Einchecken scherzhaft geordnete
Bier wird gerade auf den, reservierten,
Tisch gestellt, als Hans und ich die
Gaststube betreten. Willkommen bei
Freunden! Das nennt man lebenserhaltende
Maßnahmen!
Ich hoffe die Wolken über Netty haben sich
etwas aufgelöst. Der heutige Donnerstag
läßt es nämlich nicht zu, daß wir viel
kommunizieren. Vielleicht reicht ihr das ein
bisschen für den Abstand?
Ich werde es erleben, hoffe ich.
Seit Viertel nach sechs sitzen wir bei
Abendbrot und Fehlerdurchsprache. Heavy!
Während Hans die Fehlertabelle macht,
fasse ich die letzten Tage als Bericht
zusammen, bis weit nach zehn. Wir sind
jedenfalls mal wieder die Letzten im Lokal.

Es folgt ein neuer Tag mit Höhen und
Tiefen.
Er beginnt mit wunderbarem Sonnenschein
und einem traumhaften Blick auf die Berge
des Erzgebirges, über denen die Sonne
aufgeht. Der Wunsch von Hans, hier zu
übernachten, war super. Die Freuden beim
Anblick dieser grandiosen Landschaft sind
die einzige Entschädigung für die Mühen

der anstrengenden Fahrten.

Leider genieße ich dies alleine. Hier einen lieben Menschen an meiner Seite zu haben wäre die Krönung. Ich spiele mit dem Gedanken den Aufenthalt um das Wochenende zu verlängern.

Aber Hans spielt nicht mit, als ich ihm beim Frühstück vorschlage, die Frauen nachzuholen. Also fahren wir.

Leider in eine etwas ungewisse „Zukunft". Ich habe Netty einen Gruß geschickt. Aber bis zum Mittag gibt es keine Antwort. Sie ist, meiner Meinung nach, gestern sehr zeitig nach Hause gekommen. Beides zusammen läßt mich befürchten, daß es ihr sehr schlecht geht.

Mensch Netty was ist los?

Es könnte natürlich sein, daß sie heute Abstand haben will? Au Mann!

Egal. Ich bin heute der Fahrer. Wir halten bei jedem McDonalds. Hans will Standtests machen.

Wir erreichen das Schönefelder Kreuz. Gegen Mittag nehme ich hier allen Mut zusammen. Wider besseren Wissens schreibe ich ihr eine weitere SMS. Wieder keine Reaktion. Scheiße.

Aber kurz vor der Wohnung von Hans meldet sie sich, und wie. Zwei – Dreimal hin und her und wir telefonieren wieder! Wie verrückt ist das denn!

Wegen ihrem Mann komme ich aber nicht bei ihr zu Hause vorbei. Ich fahre nach Hause zu mir.

Hier treffe ich dann auf das absolute Chaos.

Nichts ist eingekauft. Nichts ist vorbereitet.
Dafür ist ein Kind zusätzlich da und ich bin
hundemüde. Ich kann aber wegen dem
Theater nicht schlafen.
Es kotzt mich hier manchmal dermaßen an.
Wenn die Kinder nicht wären, hätte ich sie
schon rausgeschmissen! Obwohl, im
Moment ist mir eher nach erwürgen! Ich
glaube um mich zu beruhigen bräuchte ich
das Gefühl etwas mit den Händen geschafft
zu haben. Befriedigung klingt so nach
Sexualtäter, aber ganz ehrlich, daß Gefühl
welches ich gerade verspüre ist
strafrechtlich bestimmt schon relevant. Wie
habe ich diesen Irrsinn hier fünfzehn Jahre
ausgehalten? Ich muß ein starker, toller Typ
sein, wenn ich so viel Gleichmut
aufbringen, so viel Alkohol vertragen und
so viel Frust und Schwachsinn ertragen
kann.
Also fahre ich erstmal einkaufen.
Danach fange ich mit dem Tomatensalat an.
Ich bin seit vier Tagen ohne! Anschließend
gebe ich Netty das Zeichen zum
Telefonieren.
Es dauert nur Sekunden und schon ist sie an
der Strippe. Hat da jemand gewartet?
Nein! Das war blanker Zufall.
Alles klar Schätzelein und die Kinder bringt
der Klapperstorch!
Jedenfalls ist das Gespräch wieder mal
etwas länger und meine Laune steigt mit
jeder Minute und bleibt auch, wie meine
Latte, lange stehen.
Ich habe plötzlich Mühe, pünktlich zum

Zumba zu kommen!
Dort leide ich ganz schön. Wegen dem
Telefonat konnte ich nicht so wirklich
essen. Mittag hatte ich auch nicht. Und nun
zwei Stunden Zumba. Heftig, aber nötig.
Ich habe ja mit der Fitness auf der Fahrt
ganz schön geschlampt. Viel Bier,
ungesundes Essen, wenig Sport, viel sitzen.
Irgendwann ist die größte Pein
ausgestanden und ich fahre nach Hause.
Heute höre ich leider nix mehr von Netty.
Es ist ja Fußball. Da gelten andere
Prioritäten.
Tja kaum bin ich zu Hause entdecke ich
doch zwei Nachrichten. Und nach der Pause
geht es los. Die Mails fliegen nur so hin und
her.
Und das schönste, bei Ihr geht's heute
Abend aufwärts.
Da hat die Pause ja doch was geholfen. Ich
bin doch gut für sie oder?

Das war wieder ein „toller" Tag.
Nach dem Frühstück, welches mit ein paar
Details über Hermines neue Flamme
gewürzt wird, fahre ich zu meinen Eltern.
Sie will sich auf dem CSD vergnügen. Da
stören die Kids. Ich störe sie ja sowieso
schon länger.
Mit schmalstem Small Talk halte ich mich
fünf Stunden über Wasser. Echt toll. Na
wenigstens gibt's ein Mittag für die Kinder
und mich umsonst. Eigentlich ist das Gut in
Perlenberg auch ganz schön, aber eben nur
in der richtigen Begleitung.

Naja irgendwann geht's nach Hause und
Netty, meine Stütze, hat mir ja auch gut zur
Seite gestanden. Danke.
Und kaum bin ich zu Hause, fühle ich mich
wie Odysseus, ich höre den Gesang der
süßen Sirene, auf den ich nicht mehr
verzichten will.
Das Telefonat ist sehr schön.
Der verspätete Mittagsschlaf fällt mir
danach schwer, zumindest auf dem Bauch
liegen geht nicht, aber irgendwann schlafe
ich ein. Dann sorge ich für Abendbrot. Die
Kids werden beim Aufräumen durch die
Bude gescheut und ich gebe den bösen
Papa, der ich natürlich nicht bin (oder sein
will).
Irgendwann sind sie ins Bett gebracht und
nun hoffe ich, daß die vergnügungssüchtige
Mama bald kommt, damit Nicci endlich
schlafen kann.
Netty feiert indessen schön mal wieder
einen Geburtstag und sieht wahrscheinlich
Fußball. Naja, wenn ich der SMS glauben
darf, ruft sie nochmal an!

Ein schöner Tag mit überraschenden
Einsichten.
Heute um Viertel vor eins am Morgen ist
der Samstag zu Ende. Ich schrecke in der
Kaminecke hoch. Der Whiskey ist leer, die
Pfeife kalt. Besser ich verschwinde in
meinem Bettchen.
Hoffentlich, kann ich jetzt noch halbwegs
schlafen kann.
Gegen sechs bin ich schon wieder wach.

Die Träume haben mich etwas geschafft,
aber es gelingt mir, doch wieder in den
Schlaf zu kommen. Plötzlich, gegen acht
Uhr dreiundzwanzig gibt es eine SMS.
Netty küsst mich wach! Naja, küssen ist
übertrieben, aber die Nachricht selber ist
schon süß.
Es dauert eine halbe Stunde bis ich so
richtig wach bin, aber Netty hilft kräftig
nach. Erst mit Nachrichten und dann mit
ihrer zauberhaften Stimme, live .
Telefonsex im Bett, supergeil!
Irgendwie schaffe ich es, auf zustehen,
zwischendurch die Kinder zu versorgen und
selber zu frühstücken.
Heute mache ich nicht viel. Ich heize die
Kartons weg und irgendwie habe ich sie
bald wieder am Ohr. Man tut das gut, diese
schöne Stimme, die prickelnden Inhalte und
die schonungslose Offenheit.
Ganz schnell geht es plötzlich in den Mittag
über. Grießbrei mit Kirschen. Also Mittag
fällt aus. Die Kinder mögen es auch nicht.
Glücklicherweise habe ich noch
Überschüsse von der Fahrt auf den Rippen.
Ich schaffe es, daß sogar die Kinder
Mittagsschlaf machen. In der Zwischenzeit
mache ich griechischen Bauernsalat und
bereite die Küche auf Besuch vor. Mel
kommt.
Kaum ist Mel da und der Salat fertig, gehe
ich in die Wanne. Und wer ist mit dabei.
Jawohl schon wieder Netty. OK nur am
Telefon, aber selbst das ist ein Genuss.
Über eine Stunde später, Sie ist immer noch

am Telefon, schaffe ich es mich aus der
Wanne zu bewegen. Telefonieren und zu
baden ist unbeschreiblich geil, wie ich
deutlich sehe beim Blick an mir herab.
Wahrscheinlich ist es nur durch sie in der
Wanne zu toppen.
Wenn Mann nicht weiß, wo man bei dieser
Nähe die Hände lassen soll und sie deshalb
überall berühren darf. Ihre Schenkel
streicheln kann. Wegen der gespreizten
Schenkel die Weiblichkeit mit den Augen
genießt. Die Finger langsam dorthin gleiten
lässt. Um anschließend mit ihren zarten,
nackten Brüsten zu spielen. Natürlich nur,
um sie mit Schaum zu bedecken.
Schluss aus! Was sind das für Gedanken?
Es geht jetzt nach oben!
Mel muß nach Hause geschickt werden und
die Kinder sollen aufräumen.
Nachdem das endlich geschafft ist, geht es
schon wieder per Mail weiter. Und wie.
Nach zwei Stunden habe ich die Hose,
sprichwörtlich, total herunter gelassen. Und
das Verrückte, es hat mir Spaß gemacht
über peinlichste Sachen zu reden und zu
schreiben. Es geht mir wieder mal besser.
Danke, süße Netty.

Tiefpunkte

So verrückt wie es gestern aufhörte, geht es heute weiter.
Es dauert früh gar nicht lange und schon purzeln die ersten Nachrichten herein. Und bald muß ich zum Telefon greifen. Netty und ich quatschen ein bisschen. Dann muß ich in ein Meeting und ein bisschen arbeiten. Punkt fünfzehn Uhr macht Hans Feierabend. Und sofort glüht der Draht zwischen Netty und mir schon wieder. Eine ganze Stunde, dann müssen wir aufhören weil sie zum PsychoDoc muß. Aber es ging heiß her. Sehr heiß. Und es war supergeil. Gleich darauf setzen wieder Nachrichten ein. Sie sind schön, aber plötzlich verwirrend. Jetzt wird es kompliziert. Ich antworte, sehr direkt, sehr offen. Das gibt wohl Verwicklungen. Warum ist das so kompliziert? – Weil es sonst keinen Spaß machen würde, - ich weiß.
Als ich hungrig und müde nach Hause komme, darf ich erst mal fünfundvierzig Minuten die Küche aufräumen und das Essen für die Kids machen. Dann bekomme ich auch etwas zu Essen.
Selbstgemacht, klar.
Die Dame des Hauses hat für sowas schon lange keine Zeit mehr. Schließlich hängt der Penner (ich) den ganzen Tag faul auf Arbeit rum und rückt dann nicht mal die Kohle ohne Betteln raus. Da kann er ja wohl mal ein bisschen im Haushalt anpacken. Sonst kommt er noch auf blöde Ideen und will an

mich ran. So, oder ähnlich muß Hermine
wohl denken. Zumindest habe ich das
Gefühl, daß sie es tut.
Jaaa! Auch ich habe Gefühle Hermine. Das
ist das, wo Du seit langer Zeit so schön
drauf rumtrampelst!
Nun sitze ich, nach dem Aufhängen der
Wäsche, gerade eine halbe Stunde in
meiner Ecke vor dem Fernseher, da wird
mir verklickert, daß Hermines Auto keinen
Sprit mehr hat.
Also darf ich gegen zehn abends mal noch
schnell an die Tanke fahren. Einmal
vollmachen und zahlen, damit Madame sich
bewegen kann.
Es kotzt mich an. Sie kotzt mich an. Da
hilft auch kein Whiskey mehr! Jedenfalls
nicht, wenn man seine Leber noch braucht.

Nun, der Ärger des letzten Tages hat mich
durch die Nacht begleitet. Ich stehe also
drei Uhr (anderthalb Stunden früher als
normal) auf.
Ich mache irgendwie meine Arbeit und
fahre um dreizehn Uhr zum Elterngespräch.
Dort komme ich hundemüde an.
Was gesagt wurde, weiß ich nicht mehr, ich
war zu müde. Sofort danach fahre ich nach
Hause und lege mich hin.
Danach packe ich das Leergut zusammen
und frage ob ich noch was mitbringen soll.
Nein, meint Hermine, ist alles da. Und
übrigens, Getränke brauche ich auch nicht
holen (es ist aber bis auf Bier alles alle!).
„Aber Brot kannst Du mitbringen!" Um

sechzehn Uhr dreißig!!! – Da ist der
Bäcker normalweise leer! „Nein, es ist
nichts bestellt." Wo liegt die Knarre???
Das ist Notwehr!
Also zum Bäcker fahren, ums letzte Brot
kämpfen, Getränke für 80,- € holen und
anschließend noch fett einkaufen, der
Kühlschrank ist, zumindest nach meiner
Erinnerung, ja auch leer, abgesehen von der
verhungerten Maus.
Als ich zurück bin, darf ich alles ausladen
und wegräumen, da Madam wieder
irgendwas wie telefonieren macht.
Glücklicherweise steht Netty mir zur Seite,
zumindest am Telefon. Als Netty sich zum
Sport verabschiedet, geht es mir wieder
besser.
Ganz langsam wird jetzt auch das Hemd
gebügelt, welches ich anziehen würde,
wenn Netty heute anrufen würde, das ich
noch vorbeikommen soll. Ich brauchte nur
dreimal drum betteln. Läuft doch wirklich
gut mit Hermine.
Glücklicherweise ruft Netty „nur" normal
an. Denn das ganze Abendbrot bereiten,
Küche aufräumen, Essen für die Kinder
machen (die morgen übrigens zu Hause
bleiben, was ich aber nicht wissen muß) hat
so lange gedauert, daß ich es nicht geschafft
hätte, noch zu ihr zu fahren.
Als Netty um neun anrief, war das wie
Balsam auf meine Wunden. Unglaublich
gut. Wie immer wurde ganz Banales und
ganz Schlüpfriges mit ganz Intimen
gemischt, wunderbar – bis ihr Akku alle

war. Aber immerhin, wir konnten beide gut
schlafen. Leider getrennt.
Ein mieser Tag mit Happy End (nein, nicht
das Happy End der Thai Massage, obwohl
bei dem (Sex)Telefonat, das feuchte Ende
gar nicht so weit weg war).

Heute war der Höhepunkt der Tiefpunkte
dieser Woche.
Es ist jetzt zweiundzwanzig Uhr dreißig
und ich fühle mich so beschissen, daß ich
morgen nicht nach Emshorn, sondern gleich
nach Bad Esen, ins Berluga-Land zurück,
fahre. Wenn Netty dann zum Tag der
offenen Tür kommt, kann sie mich
vielleicht mit zurücknehmen.
Ich war gegen acht Uhr abends hier. Mel,
die gemeinsame Freundin, war auch da. Es
gab ein kurzes Gespräch, dabei kamen wir
auf die unsägliche Situation gestern Abend
zurück. Nicci war schlecht, sie erbrach sich
und zwischen Wischen, Eimer anschleppen
und Fieber messen, hatte ich Hermine
gebeten, mir ein passendes Medikament zu
geben. Leider telefonierte sie und
interessierte sich einen Dreck für mich und
die Kinder.
Nachdem ich mehrfach versucht hatte klar
zu machen, daß ich gerne etwas
Unterstützung gehabt hätte, wenigstens
verbal, das aber nicht geht, weil Hermine
beim Telefonieren nicht unterbrochen
werden kann, ging es richtig los. Ich
erzählte dann noch den Rest vom Montag
und Dienstag und dann stand fest, ich

mache zu viel, könnte mehr nachfragen, mich mehr einmischen und überhaupt nicht so viel erwarten.

Das ging so bis ca. Viertel nach zehn. Ich bin nicht schuld, daß hätte ich falsch verstanden, aber richtig gemacht habe ich auch nichts und wenn ich seit fünfzehn Jahren keinen Dank bekommen habe, dann brauche ich doch jetzt auch keinen mehr erwarten. Und es ist doch nur ehrlich wenn Hermine mich nach sechs Wochen Reha wie einen Schuhabtreter begrüßt (genau genommen stimmt diese Aussage, sie behandelt mich ja auch so).

Ich fühle mich genauso beschissen wie in den letzten Tagen vor der Reha! Glücklicherweise habe ich gestern neben dem vielen Wasser noch Bier geholt. Das werde ich jetzt trinken und wenn ich es schaffe, mir noch einen ordentlichen Film im Netz anschauen! Vielleicht kann ich dann wenigstens ein paar Minuten schlafen und höre mit dem Heulen auf.

Ach so, irgendwie war ich nach der Arbeit noch bei Netty. Das war wohl ganz schön, aber genaue Erinnerungen habe ich nach dieser Scheiße hier nicht mehr! Schade, mit ihr war's bestimmt besser!

Na Netty tut mir sowieso nicht gut. Das sagt sie selber öfter. Mel und Hermine stellten das heute auch deutlichst klar. Wird wohl was dran sein, wenn Ihr Euch da so einig seid.

Ich hab so die Schnauze so voll! Seid froh daß die Kinder da sind!

Was soll nach so einem Vortag schon
werden?
Als ich aufstehe, habe ich den Vortag
immer noch nicht verdaut. Wortlos mache
ich mich mit den Kindern auf den Weg in
die Schule.
Als ich sie abgeliefert habe, halte ich es
nicht mehr aus.
Ich rufe Mel an und mache meinem Ärger
Luft. Das tut gut, aber nicht lange, ich heule
immer noch.
Dann muß ich zwei dienstliche Telefonate
führen und dann kann ich endlich die SMS
von Netty lesen. Leider klingt diese etwas
komisch in meinen angegriffenen Ohren.
Und dann passiert etwas Unverzeihliches.
Die Wut gegen Hermine und Mel richtet
sich jetzt gegen sie. Das darf nicht
passieren! Passiert aber.
Scheiße!
Es dauert ein wenig. Bis ich begreife, daß
meine Antwort zu überzogen war, bin ich
schon wieder auf der Autobahn. Ich halte
an. Schreibe ihr. Zwei, drei Worte reichen.
Sofort stimmt wieder alles und das Telefon
klingelt. Ich kann nicht reden.
Vor Wut über Hermine und Mel. Vor Wut
über mich. Vor Freude endlich Netty's
wohltuende, freundliche, schöne, zärtliche,
beruhigende Stimme zu hören. Sie kann
nicht viel sagen. Sie ist nicht alleine im
Büro. Aber es ist Balsam für mich.
Danke, Du bist ein echter Schatz. Ein
Diamant, wie man ihn nur selten findet!

Das Gespräch wühlt mich so auf, das ich
die Fahrt abbreche.
Gegen zehn Uhr dreißig bin ich wieder zu
Hause. Ich werde zwar gesehen, aber es
fällt kein Wort. Keine Frage. Ich gehe hoch
und lege mich hin.
Drei Stunden später sieht die Welt etwas
besser aus. Meine Netty hat sich
gekümmert. Zwei Mails liegen im
Briefkasten. Was sie sich für einen Kopf
macht. Danke!
Ich mache mir einen Frust – Salat und einen
Kaffee. Der erste des Tages. Ich esse auch
ein Müsli - mein Frühstück!
Dann kümmere ich mich um Kinder und
Einkauf.
Als ich zurück komme gibt es dann eine
Aussprache. Sie ist anstrengend, aufreibend
und bringt natürlich nicht ganz das
erwartete Ergebnis. Aber ein bisschen soll
geändert werden.
Mehr Zusammenarbeit und mehr reden.
Danach gehe ich baden und dann kann ich
erstmal mit Netty telefonieren. Nach einer
Stunde muß sie zum Sport. Aber ich habe
das erste Mal heute gelacht. Danke.
Der Tag wird langsam schön. Ich bringe die
Kinder ins Bett und gehe hoch. Pfeife raus,
Whiskey her!
Dann wird der Tag wirklich besser. Sanft
rinnt der erste Tullamore die Kehle
hinunter. Tut das gut!
Und nun noch Mails mit Netty. Das ist
immer ein Lichtblick.
Naja, über die elf deutschen

Fußballamateure – die Profis sein sollen –
rede ich nicht.
Schade, daß sie und ich Netty heute so
wehgetan haben.

Es ist wie immer. Nach einem heftigen
Streit ist die Versöhnung am schönsten!
Nein! Nicht mit Hermine. Da will ich keine
Versöhnung mehr!
Was das sonst heißen soll? Nun, ich hatte
vier Tage Streß, Streit und Ärger. Nun
kommt der Freitag. Lassen wir uns
überraschen!
Doch zum Anfang.
Der Tag beginnt mäßig, wie so oft.
Eigentlich mit Streß. Ich bin spät dran, da
ich mich mal wieder besonders gut fertig
machen muß. Ich teste am Vormittag ein
wenig. Werte aus, schreibe Abrechnungen
und ein paar eMails.
Nebenbei muß ich noch eine schöne
Location für den Nachmittag finden.
Doch nicht nur das. Wir haben wieder einen
Brunch. Um elf Uhr dreißig muß ich mich
in die Küche zurückziehen. Dort bereite ich
einen griechischen Salat zu.
Pünktlich um zwölf geht's los und über eine
Stunde später, sitzen wir alle, voll gefuttert
am Tisch. Man ist mir schlecht!
Jetzt gibt's nur eins, raus und sich bewegen!
Also ab ins Auto und los nach Hardorf.
Punktgenau, direkt nach mir trifft sie dort
ein. Sie? Ja sie.
Meine personal Therapeutin und Trainerin –
Netty.

Sie will mit mir etwas spazieren gehen und anschließend vielleicht noch ein bisschen was vernaschen.
Sie ist so gut und sie versöhnt mich wieder mit dieser Woche. Diese wenigen Stunden mit ihr sind super. Wir reden über alles Mögliche, gehen spazieren und verschwinden dann beim Skipper. Natürlich (leider) nur auf ein Eis. Denn es ist heiß. Sehr heiß mit Netty. Mit oder wegen ihrem heißen Kleid. Mit oder wegen ihr?
Viel zu schnell ist die wundervolle Zeit mit ihr vorbei. Dann muß sie einkaufen und ich zum Zumba.
Trotz dreißig Grad werden die zwei Stunden Zumba hart aber schön, so wie sie. Als ich nach Hause komme, ist Netty zu müde um noch etwas Spaß mit mir zu haben.
Ich gebe mich also am Abend, den hochprozentigen und rauchigen Genüssen hin. Bis zum Gewitter, welches sie weckt. Die Nachricht, die dann kommt, zeigt mir ein neues Gesicht an ihr. Sie macht sich große Sorgen um ihren Sohn, der mit dem Motorrad unterwegs ist.
Netty, ich entdecke eine zutiefst liebevolle, ja liebende Mutter. So anrührend, so süß, so gefühlvoll. Das zu erleben, lässt meine Bewunderung ins Unermessliche steigen. Sie versteckt so tiefe Gefühle in sich. Netty, was bist Du für eine fantastische Frau. Dieser Freitag war die absolute Versöhnung mit der Woche.

Der Tag nach dem Gewitter und einer schönen Erfahrung hat er für mich eher eine unangenehme Überraschung parat. Die Steuer wartet und viele Papiere werden für die Gemeinde benötigt.
Also wird der heutige Tag der Bürokratie geopfert. Ich gebe mich der Steuer hin. Eine Wildkatze, wie Netty, wäre mir lieber, aber wer glaubt noch an Hexen?
Bis in den Nachmittag gibt es keine gute Unterhaltung. Dann muß ich eine Pause machen, da ich mal wieder auf Zuarbeit von Hermine warte. Ich nutze die Pause für ein Bad, und wie schon so oft in der letzten Zeit, kommt genau jetzt der Anruf. Von Netty!
Wie schön ist das denn. So schön, so entspannend, so aufregend.
Nach einer Stunde ist ihr Akku (am Telefon) leer. Ich bin aus der Wanne raus und sie muß sich vorbereiten fürs Theater. Ich leiste mir die Zuarbeit nun selber und schließe am Abend die Steuer erschreckend schnell ab.
Es ist wie beim Sex, hier in der Zeit, als wir sowas manchmal noch hatten. Wer auf Hermine wartet, wartet ewig. Selbst ist der Mann!
Morgen werden nur noch Belege sortiert.

Es folgt ein trüber Tag.
Heute sollen Belege sortiert werden, für die Steuer und die Kita.
Es geht ein bisschen Blödsinn mit Netty hin und her. Ihr geht es nicht gut. Trotzdem

schaffe ich es sie ans Telefon zu locken und
der Sonntag wird doch noch schön.
Sie versucht mich abzuwürgen, wegen
ihrem Mann, aber das ist nicht einfach.
Hermine ist reiten.
Ich mache das Mittagessen für die Kinder
und lege mich dann hin.
Irgendwann ist Hermine, leider, wieder da.
Netty beschwert sich nochmal wegen dem
Telefonat. Naja, wir bekommen das hin.
Um sie zu versöhnen, verschiebe ich das
Baden. Erst Baden die Mädels, dann ich.
Und es passt haargenau. Netty kommt nach
Hause von der Oma, ich versinke in den
Fluten und beginne wieder das Telefonat.
Ist das schön. Wie war das eigentlich früher,
als ich beim Baden nicht telefonierte?
Langweilig, an machen (Körper)Stellen
etwas entspannter / lockerer, nicht so
aufregend, das Wasser ständig kalt, …. Jetzt
kocht es von den heißen Themen.
Ach ist das schön, daß Netty's Schwester
und Schwager, Uwe und Vera, im Urlaub
sind. Es gibt so schöne ungezwungene
Gespräche. Sie kann es sich bei ihnen im
Haus gemütlich machen und telefonieren,
ohne dass sie einer stört.
Der Tag klingt mit einem leckeren Single
Malt, der Pfeife und einigen Mails aus.
Er war Hammer.
Was war mit Belegen???? Naja, die laufen
ja nicht weg. Papier ist geduldig!

Montag – eine neue Woche, wieder
arbeiten, ….
Aber eigentlich beginnt der Tag gut. Wir
frühstücken mal alle zusammen. Das ist
ganz schön. Der Versuch Netty bei Gustav
(der etwas kratzbürstige, aber schöne Kater,
der bei Vera und Uwe immer versorgt
werden muß) telefonisch abzupassen
scheitert an unserer Telefonanlage.
Naja, ich bringe Helene erstmal zum Hort.
Da ist Netty schon auf Arbeit und ich weiß,
daß Ines – ihre Kollegin – nicht im Büro ist.
Wir können also den Weg von Neudorf zur
Firma telefonieren. So macht Auto fahren
Spaß. Warum sind die hinter mir so genervt.
Ich fahr doch schon vierzig, schneller geht
wirklich nicht, dann muß ich so schnell
aufhören!
Mit ein bisschen Kleinkram improvisiere
ich im Büro Arbeit. Für mich als
Industrieschauspieler ist das kein Problem.
Hans ist ein super Kollege und macht noch
vor eins Feierabend.
Somit können Netty und ich noch locker
zwei Stunden telefonieren. Das ist schön.
Kurz bevor Netty's Höschen feucht wird,
hört sie (leider) auf.
Ich gehe zur Psychologin und schicke nach
Netty's Steilvorlage noch zwei
Nachrichten. Danach ist Funkstille. Ooooh!
Mit der Psychologin arbeite ich die letzte
Woche auf. Sie ist überrascht von mir. Sie
versteht mich, macht ein paar kritische
Anmerkungen, ist aber grundsätzlich mit
mir zufrieden.

Aber abends als Netty bei Gustav ist,
meldet sie sich doch wieder. Na wenn das
keine Gelegenheit ist.
Es macht so viel Spaß mit ihr! Ich lasse sie
ungern nach Hause, kann aber verstehen,
daß sie nach dem Sport noch duschen will.
Obwohl, ich liebe diesen animalischen
Geruch, den Frau hat. (nicht nur nach dem
Sport!!!)
Na dann bis morgen.

Und wieder zwei total verrückte Tag mehr
seit der Reha.
So wie immer stehe ich auf, ein klein
bisschen übermüdet aber es geht.
Ich hatte bereits gestern die Idee, Netty zum
Morgen einfach nur ein paar Küsse zu
schicken. Das gibt bestimmt Mecker.
Genau als ich in der Firma ankomme
kommt die Reaktion. Und was für eine
Reaktion. Androhung von
Zwangsmaßnahmen und ähnliches.
Was ist denn hier los. Ein paar Küsse und
schon geht die Ordnungsbehörde voll ab.
Das Ganze endet im Anruf der
Vollzugsbeamtin und der dauert und ist
super geil Netty, Du bist unglaublich!
Dann versuche ich zu arbeiten. Es geht
mehr schlecht als recht. Das Einzige was
hilft, sind die Mails von ihr.
Hans leidet unter dem Schwachsinn, den
sein Umfeld den ganzen Tag verzappt. Er
ist so frustriert, daß er mittags wieder
verschwindet.
So kann ich Netty wieder anrufen und es

heitert den Tag erheblich auf.
Da Hans heute so fertig war, bereite ich zu
Hause noch eine kleine Überraschung vor.
Ich packe ihm abends ein Notfallset. Zwei
Kaffeepads und zwei Flaschen Bier, falls
sie ihn morgen wieder ärgern.

Der nächste Tag hält komische Wendungen
für mich bereit.
Gleich früh lege ich Hans das Notfallset auf
den Tisch. Mal sehen wie er reagiert. Er
kommt erst, als ich bereits vom Kaffee mit
Otto zurück bin. Meine Idee kommt prima
an.
Aber nicht nur bei ihm. Auch bei Netty, der
ich davon erzähle. Sie fragt schnippisch
nach der Frauen – Version.
Was für eine schöne Idee. Das lasse ich mir
doch nicht zweimal sagen!
Ein paar Cocktails, einen Rotwein, ein
heißes Höschen und ein Paar Kondome?
Damit ist Frau doch für alles gerüstet. Das
werde ich heute alles besorgen.
Im Laufe des Tages halten Netty und ich
uns gegenseitig mit allem Möglichen am
Fröhlich sein.
Um vierzehn Uhr wird mir meine Hardware
weggenommen. Die Entwickler benötigen
sie dringender. Na klar, ich arbeite ja eh
nicht! Dann mache ich mich halt sofort auf
den Weg zum SeenCenter.
Eine Stunde dauert es, bis ich alles
zusammen habe für morgen. Da wird wohl
wieder jemand große Augen machen! Ich
platze fast vor Vorfreude und habe Mühe

mich abends, Netty gegenüber, nicht zu
verplappern.

Heute steht mir komischer Tag bevor.
Eigentlich ist in der Firma nichts mehr zu
tun. Aber ich habe heute noch einen Termin
in Berlin. Also gehe ich doch arbeiten. Es
ist ja nicht meine Schuld, wenn man mir die
Hardware wegnimmt. Das ist natürlich
extrem langweilig. Aber Otto & friends
helfen mir bis neun Uhr prima, wie immer
in Stimmung zu bleiben.
Dann gehe ich zu Hans, ins eigentliche
Büro, zurück. Ich zeige ihm das Frauen –
Notfall – Set und er meint wieder nur: „Das
wird böse enden!"
Natürlich darf ich Netty nicht vergessen.
Mail, SMSsen und Telefon, Sie hält mich
bei Stimmung und auf Trab.
Allerdings muß ich zurückhaltend sein. Ich
habe ja noch „Großes" vor!
Um drei Uhr nachmittags halte ich es nicht
mehr aus.
Ich mache „Feierabend" und verabschiede
mich von ihr, da ich nach Hause fahre.
Was Netty nicht weißt, mein zu Hause ist
bei ihr.
Kurz vor vier stehe ich bei ihr im Amt.
Ich will sie überraschen und ihr zeigen, wie
Mann sie begrüßen kann, wenn Mann sie
lange nicht gesehen.
Leider ist die Tür zu! Ein Kunde? Noch
bevor ich weiß, wie ich die Situation und
Überraschung rette, ist es passiert. Sie steht
auf dem Flur hinter mir! Plan B!!!

Scheiße, wo ist Plan B! Was jetzt????
Sie reagiert super, und lotst mich gleich ins
Büro. Eine Umarmung, aber das wollte ich
nicht! Dicker fetter Kuss auf die Seite war
geplant! Scheiße!!! Was ist Plan B????
Zitternd gebe ich ihr ein Kabel für ihr
Handy! Zitternd!!!Das ist ja hier gründlich
in die Hose gegangen! So ein Scheiß! Mehr
kann man sich gar nicht blamieren! Wo ist
bloß das Loch in dem man im Boden
versinken kann?
Nach der Installation des Kabels am PC,
habe ich mich gefangen. Ich fühle mich
zwar immer noch blöd, aber sie ist Klasse.
Schließlich bin ich doch über eine Stunde
bei ihr und habe das Gefühl, daß das
Notfallset und mein Besuch prima
ankamen. Leider muß ich diesmal los. Der
Abschied ist sehr angenehm.
Auf dem Weg nach Hause kommt eine
SMS. Ihr war schwindlig beim Abschied.
Von mir? Was bedeutet das denn nun schon
wieder?

Wer erklärt mir die Frauen?
Verstehe ich sie im nächsten Leben?